双葉文庫

帳尻屋仕置【三】

鈍刀

坂岡真

目次

帳尻屋仕置【三】

鈍刀《どんとう》

鯖屋《さばや》の殺し

一

長月《ながつき》三日。
夕焼け空の彼方《かなた》へ、竿《さお》になった雁《かり》が遠ざかっていく。
黒羽二重《くろはぶたえ》を小粋《こいき》に纏《まと》った忠兵衛《ちゅうべえ》は、ゆったりと猪牙《ちょき》の櫓《ろ》を押していた。
釣瓶落《つるべお》としに夕陽が落ちるなか、浅草山谷堀《あさくささんやぼり》の出《で》っ尻《ちり》へと舳先《へさき》を進めていく。
――ぎっ、ぎっ。
雁《かり》が音《ね》は櫓の音と重なり、血を流したような川の色はどす黒く変わった。
舟首寄りには月代《さかやき》の伸びた侍がひとり、腕組みをして座っている。
名は柳《やなぎ》左近《さこん》、齢《よわい》は三十と少し、眠っているかのごとき静かな男だ。
雲弘流《うんこうりゅう》の剣客で、触れたら命を落とす「殺生石《せっしょうせき》」に喩《たと》えられる。
――帳尻屋《ちょうじりや》。

という裏の顔を持つ忠兵衛にとっては、まことに心強い味方だ。

「旦那、そろりと着きやすぜ」

忠兵衛は櫓をこねまわし、山谷堀の船入《ふないり》へ舳先を向けた。

表の顔は神田《かんだ》の馬ノ鞍横町《うまのくらよこちょう》で『蛙屋《かわずや》』という口入屋《くちいれや》を営んでいる。商売のほうは鳴かず飛ばずだが、食べていくことはできていた。裏の仕事をするのは、見返りとして頂戴《ちょうだい》する報酬のためではない。義理がまずあって、義憤《ぎふん》やら正義やらといった厄介《やっかい》な情がつぎに絡んでくる。

今宵《こよい》の仕置は「だぼ鯊《はぜ》」こと長岡玄蕃《ながおかげんば》に頼まれた。

長岡は北町奉行《きたまちぶぎょう》曲淵甲斐守《まがりぶちかいのかみ》の内与力《うちよりき》、容易には逆らえぬ相手だ。

獲物は「鳩組《はとぐみ》」と称する幕府御書院番《ごしょいんばん》の組頭《くみがしら》である。半年前、鞘《さや》に触れたからという理由で、罪無き両替商を無礼打ちにした。調べてみれば両替商に数百両の借金をしており、どうやらそれが殺《あや》めた真の理由らしかった。

組下の番士《ばんし》ふたりも殺しに手を貸している。三人は主人を殺めただけでは終わらず、いまだ喪《も》の明けぬ店に忍びこみ、両替商の女房と娘を手込めにしたあげく、ふたりを廓《くるわ》へ売った金で遊び惚《ほう》けているという。

絵に描いたような悪党どもである。

町奉行所へ密訴《みっそ》したのは、今から向かう会席茶屋の主人だった。殺められた両替商とは句会《くかい》を通じて知りあった仲で、伝手《つて》を頼って惨事の経緯《いきさつ》を調べさせたものの、組頭の非を証明することはできなかった。それでもあきらめきれず、かねてから親交のあった「だぼ鯊」に泣きを入れたのだ。

何でこっちにお鉢《はち》をまわしやがるんだと、愚痴《ぐち》りたくもなってくる。

だが、長岡玄蕃は表立っては動けない。御書院番の組頭といえば由緒《ゆいしょ》正しき旗本だけに、動かしがたい証拠《あかし》がなければ白洲《しらす》に引きずりだすわけにはいかなかった。そもそも幕臣の裁《さば》きは御目付衆《おめつけしゅう》の役目なので、町奉行所の裁量はおよばない。会席茶屋の主人に「できぬ」と断ればよいだけのはなしだった。

ところが、長岡は格好をつけてみせ、汚れ仕事を引きうけた。

ひょっとしたら、いくばくかの報酬を握らされたのかもしれない。

「貧乏籤《びんぼうくじ》を引かされるのは、いつもおれたちだ」

と、吐きすてても、今さら舳先を返すことはできなかった。

厄介事の帳尻を合わせるのが帳尻屋の役目、ここは性根を据《す》えて取りかかるしかあるまいと、忠兵衛はおもいなおす。

「くそったれめ」

いずれにしろ、相手は正真正銘の悪党だ。

悪事の裏は取ったので、それだけは胸を張って言える。

何も善人を葬《ほうむ》るわけではない。悪党に引導《いんどう》を渡すのだ。

少しも躊躇《ためら》うことはない。罪深さなど微塵《みじん》も感じてはならぬ。

胸に何度も言いきかせ、今戸橋《いまどばし》の桟橋《さんばし》から薄闇に包まれた陸《おか》へあがった。

浮かれた遊客《ゆうかく》たちはみな、日本堤《にほんづつみ》を漫《すず》ろに歩いて吉原《よしわら》の大門《おおもん》へ向かう。

忠兵衛の目には、暗く沈む山谷堀が三途《さんず》の川《かわ》にみえた。

行く手には極楽ではなく、この世の地獄が待っている。

橋を渡ってしばらく進むと、会席茶屋の灯《あか》りがみえてきた。

屋号は鯖屋錠八《さばやじょうはち》、進物切手《しんもつきって》を贈答すれば誰もが喜ぶ最上級の会席茶屋だ。

通う客は金満家ばかりだが、今宵だけは場違いな連中が混じっている。

長岡玄蕃に命じられ、主人の錠八とは一度だけ顔を合わせていた。

怒った河豚《ふぐ》のように頬《ほお》の膨《ふく》れた五十男で、若い時分に女房を病《やまい》で失って以来、独り身を通している。信心深い人物らしく、手首には翡翠《ひすい》の数珠《じゅず》を巻いており、商売繁盛のご利益《りやく》を得るために檀那寺《だんなでら》の待乳山聖天《まっちやましょうでん》へ勧進《かんじん》を欠かさぬという。

なるほど、玄関や廊下のいたるところには、聖天の縁起物である二股大根《ふたまただいこん》が飾ってあった。

信心深い茶屋の主人が、殺しの手筈《てはず》をととのえている。

「相手は三人だったな」

左近が背中で問うてきた。

忠兵衛は渋い顔でうなずく。

「組頭の樺沢栄之進《かばさわえいのしん》と組下がふたり、旦那に斬っていただくのは三人になりやす」

人違いのないようにと、柳にはいつも念押しされる。

「粂太郎《くめたろう》とおくうを座敷にあげさせやした。あのふたりなら、上手《うま》くさばいてくれるにちげえねえ」

幇間《ほうかん》の粂太郎と白芸者《しらげいしゃ》のおくうは、忠兵衛の裏の顔を知る仲間たちだ。

これまで何人もの悪党を地獄の淵《ふち》に導いてきた。

よもや、失敗《しくじ》ることはあるまい。

「樺沢は小野派一刀流《おのはいっとうりゅう》の手練《てだれ》とか。旦那の手に余るようなら、手前も加勢いたしやしょう」

ひょろ長い左近は何もこたえず、大柄な忠兵衛を満天星《どうだん》の垣根に囲われた簀戸《すど》の向こうへ促《うなが》す。

飛び石を伝って玄関先へ達すると、軒行灯《のきあんどん》の下に白い顔の女が立っていた。

「おくうか、鳩組の連中はどうしてる」

「爺《じ》っちゃんの幇間芸に腹を抱えておりますよ」

「ふうん、そりゃまずまずだな」

「隣部屋にお膳《ぜん》のご用意がととのっております。半刻《はんとき》ほどごゆるりとお過ごしくださるようにとのことです」

「主人の錠八さんが、そう仰《おつしや》ったのかい」

「ええ、そのとおりでありんすよ」

おくうは戯《ざ》れたように廓詞《くるわことば》を使い、妖艶《ようえん》に微笑《ほほえ》んでみせる。

忠兵衛はふと、家に残してきたおぶんの顔を頭に浮かべた。

身重の恋女房は「口入屋の寄合がある」という嘘《うそ》を信じ、屈託《くつたく》のない笑顔で切《きり》火《び》を打ってくれたのだ。

おぶんには申し訳ないとおもう。

だが、秘密を打ちあけずにいるのも愛情のうちだ。

「さあ、こちらへ」

おくうに導かれ、雪駄《せった》を脱いだ。

下足番《げそくばん》はいない。代わりに、立派な二股大根が飾ってある。

長い廊下を曲がったさきには幅の広い階段があり、階段を上《のぼ》ると眼下の中庭を廊下が三方《さんぽう》からぐるりと囲んでいた。コの形をした廊下に沿って十畳の座敷がふたつずつ、都合、六つの座敷がある。

今宵の客は三組、一番騒がしい奥座敷に獲物どもがいるようだ。

おくうは細長い指で奥座敷の隣部屋をしめし、さきに行ってしまう。

コの形をした廊下の角を曲がると、落葉松《からまつ》の太い枝が廊下の端まで二の腕のように伸びていた。

忠兵衛は手を伸ばして枝の先端に触れ、枯れた松葉を毟《むし》りとる。

さらに二つ目の角を曲がると、音を起《た》てずに襖《ふすま》障子《しょうじ》を開け、誰もいない隣部屋にするりと潜《もぐ》りこんだ。

有明行灯《ありあけあんどん》の灯りに照らされ、膳に置かれた青魚《あおざかな》が鱗《うろこ》を煌《きら》めかせている。

「刺鯖《さしさば》だな」

左近が表情も変えずに囁《ささや》いた。

背開きにした鯖をひと塩にし、二枚重ねて串で刺す。

それが刺鯖だ。

左近が鯖好きなことを知っているので、忠兵衛は声を出さずに笑う。

壁一枚隔《へだ》てた隣部屋から、阿呆侍《あほうざむらい》どもの笑い声が聞こえていた。

ふたりは膳のまえに座り、差し向かいで諸白《もろはく》を呑《の》みはじめる。

「灘《なだ》の生一本《きいっぽん》でござんすね」

さすが名の通った茶屋だけあって、酒は上等な下り酒《くだざけ》だ。

刺鯖は脂《あぶら》の乗った最上の品で、口に入れた途端に笑みが広がった。

「こいつは美味《うめ》え。ねえ、旦那」

「ああ、さすが鯖屋だけあるな」

左近は細い目をさらに細め、刺鯖の身を箸《はし》で摘まんでは口に抛《ほう》りこむ。

骨までしゃぶる勢いだなと、忠兵衛はおもった。

ほかにも菊花《きくか》の酢漬《すづ》けや茸《きのこ》の盛りあわせなどがあり、鯨《くじら》のかぶらぼねを実にした吸い物も塩梅《あんばい》よく仕上がっている。

料理に舌鼓《したつづみ》を打っていると、壁越しに本物の鼓が響いてきた。

「たんと打って響くは橋の下、狢《むじな》の親子にござ候《そうろう》。睾丸《きんたま》を重そうに引きずって、行きつくさきは侍乳山、聖天さまの霊薬は腫《は》れ物《もの》に効くとの噂《うわさ》あり……」

粂太郎が狢に化け、抱腹絶倒《ほうふくぜっとう》の芸を披露《ひろう》しているのだ。

おくうの爪弾《つまび》く三味線《しゃみせん》が、いやが上にも座を盛りあげる。

隣部屋の莫迦《ばか》騒ぎに耳をかたむけつつも、忠兵衛は卒塔婆《そとば》の数を諳《そら》んじていた。

「ひい、ふう、みい、よ……」

悪党をひとり葬るごとに、無縁仏《むえんぼとけ》を弔《とむら》う菩提寺《ぼだいじ》の墓にかならず一本ずつ奉《ほう》じてきたのだ。

卒塔婆が煩悩《ぼんのう》の数に達したら、因果《いんが》な殺し屋稼業から足を洗おうと決めている。「だぼ鯊」は許すまいが、かならず足を洗って口入屋稼業に精を出そう。地道で無難な生き方など以前なら考えもしなかったが、やはり、所帯を持ったのが大きいのかもしれない。

おぶんは木場《きば》の筏師《いかだし》たちを束《たば》ねる元締《もとじ》めの一人娘だった。忠兵衛にとっても父親代わりの元締めは、材木問屋からもたらされた不正の誘いを断って意地を張り、非業《ひごう》の死を遂《と》げてしまった。

悲しみもさめやらぬころ、おぶんは念願の子を授《さず》かった。

年が明ければ、忠兵衛は父親になる。

おそらく、そうしたことも心のありように変化をおよぼしているのだろう。

帳尻屋なんぞ、長えことつづけられる商売じゃねえ。

忠兵衛は酔えない酒を呑みながら、胸の裡《うち》で同じ台詞《せりふ》を繰りかえした。

二

半刻経《た》った。

まだ宵《よい》の口《くち》だというのに、鳩組以外の客はすべていなくなった。

主人のはからいであろう。あとは煮るなり焼くなり好きにしろということだ。

隣部屋の莫迦騒ぎはつづいているものの、そろそろ粂太郎の限界は近い。

客を喜ばすネタは無尽蔵《むじんぞう》に持っているが、還暦《かんれき》を疾《と》うに過ぎている。いつまでも踊らせておくわけにはいかない。

おくうの爪弾く三味線も、三上《さんあ》がりに転調している。

腰をあげる頃合いだった。

左近もそれと察し、盃《さかずき》を空にして膳の上に伏せる。

刺鯖は骨だけになっていた。猫よりも綺麗に平《たい》らげている。

忠兵衛はさきに立ちあがり、隣部屋とを隔てる壁に耳を寄せた。

一見すると何の変哲もない漆喰《しっくい》の壁だが、主人の指図で細工がほどこされている。

あらかじめ潜《くぐ》りぬけられる大きさの穴が刳《く》りぬかれており、片足で容易に蹴破ることができるのだ。

忠兵衛は仮留めされた壁の細工を確かめ、首を捻《ひね》って左近にうなずいた。

黒羽二重を脱ぎすてれば、下に網代縞《あじろしま》の小袖《こそで》をぞろりと纏っている。

裏白《うらじろ》の紺足袋《こんたび》で畳の目に沿って進み、襖障子を開けて廊下へ抜けた。

磨きこまれた床に足を忍ばせ、隣部屋の襖障子に高い鼻を近づける。

三匹の獲物は、浴びるほど酒を呑んでいるはずだ。

「べべん」

三味線の音が途切れた。

襖障子を音もなく開け、忠兵衛はするっと身を入れる。

上座の人物が癇《かん》の強そうな四角い顔をこちらに向けた。

まちがいない、樺沢栄之進だ。

組下のふたりは気づかず、赤ら顔で騒いでいる。

忠兵衛は裾《すそ》をぱんと叩いて座り、両手を畳についた。

「手代《てだい》にございます。組頭さま、お望みどおり、引手茶屋《ひきてぢゃや》からご新造《しんぞ》衆《しゅう》を借りてまいりました」

女好きの樺沢は相好《そうごう》をくずし、身を乗りだしてくる。

「待っておったぞ。早うせい」

忠兵衛はうなずいた。

「されば、幇間と芸者は退《ひ》かしていただきます」

顎《あご》をしゃくると、粂太郎とおくうが一礼し、座敷をあとにしかける。

ところが、樺沢が猿猴《えんこう》のように腕を伸ばし、おくうの袖《そで》を摑《つか》まえるや、ぐいっと引きよせた。

「おぬしは残れ」

やんわり断ろうとしても、強引な男の力に抗《あらが》う術《すべ》はない。

「さあ、綺麗どころを呼べ」

居丈高《いたけだか》に命じられ、忠兵衛は戸惑った。

もちろん、新造衆は後ろに控えてなどいない。呼ぶまねを合図に左近が壁を蹴破って躍《おど》りこむ段取りになっていた。

おくうは樺沢に肩を抱かれ、かたわらに侍《はべ》らされている。

粂太郎も心配なのか、廊下へ出るのを躊躇っていた。

「どうした、早う呼ばぬか」

「へえ」

急《せ》かされて、忠兵衛は空唾《からつば》を呑みこむ。

そのとき、組下のひとりが膝立《ひざだ》ちになった。

「ぐえっ」

突如、嘔吐《おうと》しはじめる。

汚物を滝のように吐き、畳にぶちまけた。

「莫迦者、何をさらしておる」

怒鳴る樺沢の隙を衝《つ》き、おくうが逃れた。

「あっ、何処《どこ》へ行く」

たんと、粂太郎が鼓を打つ。

と同時に、壁が蹴破られた。

――どおん。

塵芥《じんかい》とともに、左近が躍りこんでくる。

ぐるんと畳に転がり、起きあがりざま、片膝立ちで白刃《はくじん》を抜く。

――ひゅん。

一閃《いっせん》、薙《な》ぎあげた。

「うげっ」

樺沢の首が飛ぶ。

何とも凄まじい斬れ味だ。

生首は天井にぶつかり、汚物のぶちまかれた畳の上に転がった。

「ひっ、ひぇええ」

組下のひとりが腰を抜かす。

左近が迫り、一刀のもとに胸を断《た》った。

「ぐひょ……っ」

残るひとりも、涙目で命乞《いのちご》いする暇《ひま》はない。

上段から面を割られ、呆気《あっけ》なくこときれた。

四人は後ろもみず、血《ち》腥《なまぐさ》い部屋から逃れる。

忠兵衛は襖障子を後ろ手に閉め、三人にうなずいた。

「後始末は必要ねえ。ご苦労さん」

奉公人の影もない廊下を進み、足早に階段を降りる。

打ちあわせどおり、表口ではなく、裏の勝手口へまわった。

土間にはへっついが並び、鴨居《かもい》の上の荒神棚《こうじんだな》には三宝荒神《さんぼうこうじん》のお札が奉じてある。

五寸に満たない十一面観音《じゅういちめんかんのん》の木像も安置され、ここにも二股大根が供《きょう》されていた。

くの字なりの遊女を連想させる二股大根は、橋向こうにある待乳山聖天の縁起物だ。ご本尊は大聖歓喜天《だいしょうかんぎてん》だが、あまりに霊力が強いために、多くの檀家《だんか》が家には本地仏《ほんじぶつ》の十一面観音を安置しているとも聞く。

荒神棚の十一面観音も、大聖歓喜天の身代わりにちがいない。

などと察しつつも、深くは考えずに履《は》き物《もの》を突っかけ、勝手口から外へ出た。

先行する三人が裏木戸を抜けたのを見届け、忠兵衛ものっそり歩みだす。

するとそこへ、人の気配が近づいてきた。

斜め後ろの生け垣からだ。

「帳尻屋さん」

呼ばれても振りかえらず、首筋を強《こわ》ばらせる。

「ご安心くだされ。主人の錠八にござります」

ほっとすると同時に、不審なおもいに駆られた。

忠兵衛は背を向けたまま、匕首《どす》の利いた声で吐きすてる。

「二度は会わねえと、約束したはずでやす」

「おぼえておりますとも。されど、このまま帰っていただくのは忍びない。ふふ、帳尻屋さんもお人がわるい」

暗闇のなかから、蒼白《あおじろ》い顔があらわれた。

河豚のように肥えた顔、肥えたからだに羅紗《らしゃ》の着物、鯖屋錠八にまちがいない。

しかも、ひとりではなかった。

後ろに誰かをしたがえている。

「手代の弥兵衛《やへえ》にございます。何かと役に立つ男なので、よろしければお見知りおきをとおもいましてな」

忠兵衛は顔を背《そむ》けた。

小悪党にしかみえぬ男は身を乗りだし、不躾《ぶしつけ》にもこちらの顔を覗きこもうとする。

「弥兵衛、下がっていなさい」

「へえ」

鯖屋は袖に手を入れ、小判の包金《つつみがね》をふたつ取りだす。

「しめて百両、謝礼にござりますよ」

忠兵衛は怒りを怺《こら》え、平静を装った。

「受けとるわけにゃいかねえと、こないだ申しあげやしたぜ」

「ふふ、長岡さまの手前だったからでしょう。物事には建て前と本音がある。これだけのことをしていただいて、手ぶらでお帰りいただくわけにはまいらぬ」

「それなら、お気持ちだけ頂戴しときやしょう」

「ほほう、あくまでも受けとらぬと仰るのか」

「しつけえな。いらねぇもんはいらねぇんだよ。ついでに念を押しときやすぜ。三度目はねぇとね」

忠兵衛は一礼し、錠八のそばから離れていく。

裏木戸を抜けた。

「ちっ」

舌打ちが聞こえてくる。

鯖屋のものか、弥兵衛という男の発したものか、判然としない。

忠兵衛は足を止め、懐中に呑んでおいた匕首《あいくち》の柄《え》を握る。
「殺《や》っちまうか、ふたりとも」
帳尻屋には「依頼人と深く関わってはならぬ」という定式《さだめしき》があった。
定式を守れぬ者は、たとい依頼人であろうとも死んでもらうしかない。
忠兵衛は溜息《ためいき》を吐《つ》き、沸《わ》きあがる怒りを静めた。
「やめとこう」
さすがに、舌打ちひとつで人の命を奪うわけにはいかぬ。
ふたたび、歩きはじめた。
夜空を見上げても、月は浮かんでいない。
闇の彼方に揺れる光は、桟橋で待つ小舟の艫灯《ともあか》りであろう。
左近は芸者を連れた夜釣りの客を装い、粂太郎は舳先で棹《さお》を握っている。
みなで馴染《なじ》みの軍鶏鍋屋《しゃもなべや》へ行き、一刻も早く熱燗《あつかん》で一杯飲《や》りたくなった。
吹きつける川風に、ぶるっと身を震わせる。
暗い川岸に群生《ぐんせい》する荻《おぎ》を眺《なが》めていると、ざわつく気持ちを抑えきれなくなる。
風聞草《かぜききぐさ》の異名もある荻の声は、この世に未練を残した亡者の叫びにも似ていた。

「南無……」

忠兵衛は俯《うつむ》いて襟《えり》を寄せ、地獄の入口から小走りに逃れていった。

三

九日重陽《ちょうよう》、芝三田《しばみた》。

高さ三丈の火《ひ》の見櫓《みやぐら》が聳《そび》えている。

世間が菊祭りで賑《にぎ》わうなか、忠兵衛は有馬《ありま》屋敷の水天宮《すいてんぐう》へやってきた。

おぶんはぽっこり膨らんだ腹をさすり、興奮気味に頬を染めてみせる。

「蹴ってくる。どんどん蹴ってくる。きっと、男の子だよ」

「いいや、おめえに似た、おきゃんな娘かもしれねえぞ」

「おまえさん、おきゃんな娘がお好みだからね」

年は十五離れているものの、傍《はた》から眺めても微笑ましくなるほど、ふたりは仲《なか》睦《むつ》まじい夫婦だ。

会席茶屋で繰りひろげられた血腥い光景など、忠兵衛はすっかり忘れていた。

「おまえさん、そういえば、奥歯は痛むのかい」

「ずきずき痛んで仕方ねえや」

「好物の餡《あん》ころ餅《もち》も食べずにいるんだから、その痛さは本物だね。甚斎《じんさい》先生のところで抜いてもらえば」

「それが嫌だから我慢してんじゃねえか」

「だったら、芝口《しばぐち》のお稲荷《いなり》さんにでも詣《まい》ろうか」

「鯖稲荷か」

日比谷稲荷《ひびやいなり》の俗称だ。虫歯を患《わずら》う者は鯖を断って祈願すると効験《こうけん》があると信じられ、参詣人《さんけいにん》は後を絶《た》たない。

「どうする、行くのかい」

「いいや、鯖はどうも気に食わねえ」

鯖といえば鯖屋錠八。忠兵衛は河豚のような膨れた顔をおもいだし、秀《ひい》でた眉《み》間《けん》に皺《しわ》を寄せる。

「家に帰《け》えろう」

「あいよ」

ふたりは水天宮をあとにし、川沿いの道を赤羽橋《あかばねばし》へ向かった。

赤羽橋を境目に上流は渋谷川《しぶやがわ》、海へ通じる下流は赤羽川《あかばねがわ》と呼ぶ。

川幅は広く、川向こうには増上寺《ぞうじょうじ》の杜《もり》をのぞむことができた。

「紅葉《もみじ》狩《が》りにまた来ような」

おぶんと約束を交《か》わし、涼しい風に吹かれながら、散策するようにのんびり進む。

頭上には秋晴れの空が広がっていた。

赤羽橋、将監橋《しょうげんばし》と過ぎて金杉橋《かなすぎばし》へ達し、東海道を北へ向かって歩きつづける。

おぶんのからだを気遣《きづか》い、汐留橋《しおどめばし》の桟橋からは小舟を仕立てた。

小舟は軽快に川面《かわも》を滑り、三十間堀《さんじつけんぼり》から楓川《もみじがわ》へとたどっていく。

さらに、海賊橋《かいぞくばし》を越えて、魚河岸《うおがし》のさきにある堀留《ほりどめ》へ向かった。

小舟に揺られているあいだに、歯痛がどうにも我慢できなくなってくる。

「おぶん、すまねえ。やっぱし、甚斎のところへ行ってくる」

「抜いてもらうのかい」

「仕方あんめえ」

陸にあがっておぶんと別れ、ひとりで浜町河岸《はまちようがし》へ急いだ。

堀留町《ほりどめちよう》の杉森稲荷《すぎのもりいなり》から長谷川町《はせがわちよう》の三光稲荷《さんこういなり》へと、稲荷の鳥居をめざして歩きつづける。

古着屋の密集する富沢町《とみざわちよう》を突っきれば、そのさきは浜町河岸だ。

栄橋《さかえばし》を渡って武家地を進み、どんつきを右手に曲がってしばらくすると、歯痛に効く山伏《やまぶし》の井戸《いど》にたどりつく。

井戸のすぐそばに、小汚い平屋が建っていた。

表看板に「虫歯知らず」とある。

戸隠《とがくし》甚斎の看立所《みたてどころ》だ。

忠兵衛は行きつ戻りつし、覚悟を決めて敷居をまたぐ。

すると、先客があった。

「うえっ、痛っ……や、やめておくれ」

女口調だが、声の質は野太い。

忠兵衛は顔をしかめた。

陰間《かげま》の与志《よし》だ。

神田花房町《はなぶさちょう》で『菊《きく》よし』という陰間茶屋を営んでいる。

白壁《しらかべ》のような化粧を落とせば皺顔の親爺《おやじ》だが、亡くなった母親の実弟なので血は繋《つな》がっていた。

じつは、甚斎と与志も裏の顔を持つ帳尻屋の仲間だ。

「おっ、誰かとおもえば忠の字か」

やたら腕の太い甚斎が、やっとこを手にしてあらわれる。

胸のあたりには血痕《けっこん》が飛び、やっとこの先端には抜きたての虫歯が挟んであった。

「ぬへへ、与志のやつ、気を失いやがった。図体がでけえわりには胆《きも》の小せえ釜《かま》野郎《やろう》だぜ。んで、おめえも抜いてほしいのか」

「いいや、今日はやめとく」

嘘のように、痛みが治まっている。

踵《きびす》を返しかけると、呼びとめられた。

「待てよ、忠の字。おめえに頼みがある」

「金ならねえぜ」

「心配えすんな、金じゃねえ」

「ほっ、だったら何だ」

間髪《かんはつ》を容《い》れずに問うと、甚斎は柄《がら》にもなく頬を染めた。

「じつはな、惚《ほ》れた女ができた」

「おっと、そうきたか。老《お》いらくの恋は厄介だぜ」

「老いるにゃ早えさ。おれはな、どうしてもその女を身請《みう》けしてえ」

「ちょっと待て、相手は廓の女か」

「夢の吉原だよ」

「身請代が欲しいのか。やっぱし、金ってことじゃねえか」

「遊び金じゃねえ。おれは真剣なんだ。四十年余りも生きてきて、こんな気持ちになるのは初めてさ」

甚斎が女の素姓《すじよう》を喋《しやべ》りたがるので、忠兵衛は腰を据えて聞くしかなくなった。

「本名はおすま、三十もなかばを過ぎた大年増だが、歴《れき》とした武家の娘さ。実家は貧乏旗本でな、親が結納金《ゆいのうきん》目当てに商家へ嫁《とつ》がせた」

十五年もむかしのはなしだという。

「嫁いださきはしみったれた両替商だったが、亭主は商売の才覚があったらしくてな、あれよという間に蔵前《くらまえ》の札差《ふださし》と肩を並べるほどの大店《おおだな》にのしあがった。おすまは幸運を呼びこんだ女房として、亭主からでえじにされた。娘にも恵まれてな、周囲も羨《うらや》むほどの仲睦まじい夫婦だったらしい」

甚斎は遠い目をしてから、充血した眸子《まなこ》を向ける。

「ところが、今から半年前、とんでもねえ凶事《きようじ》に見舞われた」

亭主が金を貸した侍どもに夜道で襲われ、膾斬《なますぎ》りにされたのだ。しかも、狼《おおかみ》どもは亭主を殺めてから数日後、蔵前にある両替商の店へ押し入り、おすまと十五の娘を手込めにしたという。

「そんでな、母娘まとめて吉原に売りとばしたのさ」

じっとはなしを聞きながら、忠兵衛は動悸《どうき》が速くなってくるのを感じた。

甚斎に向かって睨《にら》みを利かせ、胸倉を摑むほどの勢いで迫る。

「まさか、膾斬りにされた両替商ってのは、赤玉屋卯吉《あかだまやうきち》じゃあるめえな」

「そのまさかよ。おすまを手込めにしたのは鳩組の連中だ。おめえと殺生石があの世へ送ったやつらさ」

「くそっ、何でおめえが死んだ両替商の女房と通じていやがる」

忠兵衛に悪態を吐かれても、甚斎に悪びれる様子はない。

「おくうだよ。売られた母娘が哀れすぎるから、はなしを聞いてやってほしいと頼まれたのさ。おくうはおめえから、余計なことには関わるなと念押しされた。そいつは帳尻屋の定式でもあるしな。ところがどっこい、黙って母娘を見過ごすことができず、おれさまに相談を持ちかけたってわけだ」

忠兵衛は眉《まゆ》を怒らせた。

「てめえ、客になって母親のもとへ通ったのか」

「おうともさ。おすまと娘のおさよは、京町《きようまち》二丁目にある惣半籬《そうはんまがき》の小見世《こみせ》に売られた。ところが、薹《とう》の立ったおすまだけはすぐさまお払い箱になった。行きついたさきは吉原の吹きだまり、羅生門河岸《らしようもんがし》さ。女たちは、ひと切り百文で男をくわえこむ。ほとんどは瘡《かさ》っ気《け》のある鉄砲女郎《てつぽうじよろう》だよ」

喋りながら、甚斎は涙ぐむ。

この世の地獄へ抛《ほう》りだされたおすまのもとへ通いつめ、はなしを聞いてやるうちに情を移してしまったらしい。

「それなら、早々に地獄から救ってやりゃいい。羅生門河岸の鉄砲女郎なら、身請代もてえしたことはあんめえ」

「そうは問屋が卸《おろ》さねえ。おすまが言ったのさ。娘もいっしょじゃなきゃ、身請けされる気はねえってな」

「けっ。ややこしいはなしだぜ」

「なあ、忠兵衛、後生《ごしよう》一生《いつしよう》のお願えだ。恥を忍んで喋ったんだぜ。こんな頼みができるのは、おめえしかいねえ」

甚斎は真剣な顔で拝《おが》む。

拝まれたら、放ってはおけない。

そこは侠気《おとこぎ》で鳴らす蛙屋忠兵衛、ぽんと胸を叩きたくなったが、如何《いかん》せん、先立つものがほんとうにない。

「身請金てな、ふたりまとめていくらなんだ」

「百両」

と聞いた途端、おもわず舌打ちしてしまう。

鯖屋に差しだされた包金と同じ額だ。

いずれにしろ、うんとは言えない。

仕置が終われば、殺められた者の遺族とは関わりを持たない。それが帳尻屋の定式なのだ。

「わかっているともさ。でもな、おのれの気持ちに嘘は吐けねえ」

甚斎はやっとこを突きだし、陰間の虫歯を「がりっ」と砕いてみせる。

「忠の字よ、おめえも会ってみりゃわかるはずさ。そうだ、今から会いに行こう。おすまとおさよに会って、身請けの段取りを決めようぜ」

「できねえと言ったろう。蛸助《たこすけ》め、ちったあ、頭を冷やしやがれ」

叱《しか》りつけはしたが、やはり、放っておけない気持ちもある。

忠兵衛は迷った。

歯痛のことなど、すっかり忘れていた。

四

——ちゅいーん。

南天桐《なんてんぎり》の上で、鵤《いすか》が鳴いている。

「鵤の嘴《はし》のくいちがいか」

鯖屋の仕置は最初から、何かがおかしい。

夕刻、忠兵衛は吉原遊廓《ゆうかく》へと通じる日本堤を歩いていた。

もちろん、おぶんには内緒だ。

息苦しいほどの後ろめたさも、見返《みかえ》り柳《やなぎ》のさきを左手へ曲がるころには消えていた。

衣紋坂《えもんざか》を下って三曲がりの五十間道《ごじっけんみち》をたどれば、鼻先に大きな冠木門《かぶきもん》がみえてくる。

大門だ。

左手には町方同心《まちかたどうしん》の控える面番所《めんばんしょ》、右手には用心棒たちの屯《たむろ》する四郎兵衛会所《しろべえかいしょ》があった。

大門を潜ったさきは男の極楽、仲ノ町《なかのちょう》の大通りは無数の菊花で飾られている。左右に居並ぶ引手茶屋の軒下《のきした》には鬼簾《おにすだれ》と花色暖簾《はないろのれん》が閃《ひらめ》き、火灯《ひとも》し頃《ころ》ともなれば艶《あで》やかな花魁道中《おいらんどうちゅう》で賑わう。

華々しい喧噪《けんそう》を尻目に、忠兵衛はひとつ目の角を左手に曲がった。

大小の妓楼《ぎろう》が籬《まがき》を競う伏見町《ふしみちょう》を足早に通りぬけ、薄暗い丁字路《ていじろ》へたどりつく。どぶ臭い道の左手には明石稲荷《あかしいなり》の燈明《とうみょう》が揺れ、右手には長屋造りの切見世《きりみせ》が闇の底までつづいていた。

ここは吉原の吹きだまり、羅生門河岸にほかならない。

軒下の掛行灯《かけあんどん》に目をやれば「千客万来《せんきゃくばんらい》」と書いてある。

うらぶれた切見世の間口《まぐち》は四尺五寸、二尺の入口と二尺五寸の羽目板《はめいた》からなり、無双窓《むそうまど》からなかを覗けば、南京虫《なんきんむし》の這《は》う二畳の座敷が見受けられた。置いてあるのは壊れかけた鏡台と汚れた煙草盆《たばこぼん》、それに二つ折りの煎餅布団《せんべいぶとん》だけだ。

撃てば当たる。抱けば下《しも》の病に罹《かか》る公算が大きい。それゆえ、鉄砲女郎などと称される安価な遊女たちは、狭苦しい二畳間で寝起きし、懐中の淋しい酔客を誘いこむ。恋にのぼせあがった口中医《こうちゅうい》の言ったとおり、表通りの妓楼からお払い箱になった遊女たちはほとんどが病気持ちで、瘡に罹って鼻を無くした者も少なくない。

「昨日までは居ても、今日も居るとはかぎらねえよ」

大門の外で細見屋《さいけんや》を営む俵太《ひようた》に、そう告げられてきた。

俵太は金のためなら平気で人を裏切る小太りの四十男で、忠兵衛とは持ちつ持たれつの関わりをつづけている。半年前に売られてきた不幸な母娘のことを尋ねたら、意外にもふたりの評判を聞きつけていた。

「舐《な》めてもらっちゃ困る。遊女の評判が飯のたねなんだぜ。俵太さまが知らねえはずはあんめえ。身請けされた花魁に新しく売られてきた小娘、瘡に罹った女に溜《ため》へ送られた女、心中立《しんじゆうだ》てで小指を詰めた女に情夫《じようふ》と逃げて捕まった女、とどのつまりは、おろくになって浄閑寺《じようかんじ》へ捨てられた女、三千人からいる遊女たちの事情がぜんぶ手の内にあるんだ」

狡賢《ずるがしこ》い細見屋は小鼻を膨らませ、母娘がどうなったか教えてくれた。

「同じ妓楼でじつの母娘がいっしょにいられるはずはねえ。半月もしねえうちに、母親は見世から逐《お》われた。京町二丁目の『藤川《ふじかわ》』っていう小見世さ。忘八《ぼうはち》の源蔵《げんぞう》はずべらぼうの小男だが、花車《かしや》のおくまは強突《ごうつ》く張《ば》りで目端の利く女でな、金にならねえとみればお払い箱にする。母と娘は泣きの涙で別れたが、たぶん、娘のほうは母親が苦界《くがい》から逃れたとおもいこんでいるだろうぜ」

花車のおくまが「母親は病がちだから大門の外へ逃す」と嘘を吐き、娘を「母親に楽をさせたいなら懸命にはたらけ」と煽《あお》っているという。一方、母親のほうは、身を売った金で娘の年季が少しでも減るのならと、花車から促されるままに堕《お》ちていったらしかった。

目と鼻のさきに居ても、ふたりは二度と再会できまいと、俵太は言いきる。羅生門河岸へ堕ちた女が長く生きつづけられないことを知っているからだ。事は一刻を争う。とりあえずは母親のほうだけでも助けださなくちゃならねえと、忠兵衛は考えた。

甚斎に黙って足を運んだのは、糠喜《ぬかよろこ》びさせたくなかったからだ。母親を説得する自信はある。ひとまずは地獄から抜けだし、娘を救う手立てを考えようと持ちかけるのだ。甚斎の熱い恋情《れんじょう》を伝えてやれば、きっとうなずいてくれるにちがいない。

何処《いずこ》からともなく、好《よ》い香りが漂ってくる。抱《かか》え主《ぬし》が番をする切見世の端だ。

軒行灯の下には盛り土がなされ、金木犀《きんもくせい》が植わっていた。

夜は香りが増すのか、どぶ臭さもあまり感じない。安価な白粉《おしろい》の匂いも消す効果があるのだろう。

忠兵衛は強い気持ちを携《たずさ》え、抱え主のもとを訪ねた。

「ごめんよ、おとみ姐《ねえ》さんはいるかい」

俵太に聞いた名を口にすると、鰹縞《かつおじま》の縕袍《どてら》を羽織《はお》った抱え主が首を捻った。

目尻の皺が目立つ五十年増で、底意地の悪さが顔つきにあらわれている。

「おっと、そんな目で睨まねえでくれ。おれは怪しいもんじゃねえ。神田の馬ノ鞍横町で蛙屋っていう口入屋を営む忠兵衛ってもんだ」

「口入屋が何の用だい。百姓の娘でも売ろうってのかい」

「おれは女衒《ぜげん》じゃねえ。武家屋敷御用達《ごようたし》の口入屋でな、扱うのは渡《わた》り中間《ちゅうげん》や食いつめ浪人ばかりさ」

「だったら、用はないねえ」

「そっちになくても、こっちにゃある」

忠兵衛はにこりともせず、手にした一朱金《いっしゅきん》を指で弾《はじ》いてやった。

おとみは蝿《はえ》でも摑む要領で一朱金を受けとり、ふんと鼻を鳴らす。

「いったい、何が聞きたいんだい」

「おすまっていう三十年増のことさ」

「知らないねえ。おすまなんて女は」

「源氏名はお藤《ふじ》、京町二丁目の『藤川』から売られてきた女だ」

「お藤なら居たよ、昨日の晩まではね」

「えっ」

「瘡に罹ったのさ。三之輪《みのわ》の寮へ送っといたけど、ひょっとしたら浄閑寺行きになっちまったかもしれないねえ」

「くそったれめ」

忠兵衛が唾を吐くと、おとみは凄みのある顔で笑った。

「ぬひゃひゃ、どんな事情かは知らないけど、一度地獄へ堕ちた女を救うことなんてできないよ」

「わかってらあ」

ふてくされると、おとみが妖《あや》しげな仕種《しぐさ》で躙《にじ》りよってくる。

「うふふ、おまえさん、よくみれば役者にしてもよいほどの男振りだねえ。ご贔《ひい》屓《き》の團十郎《だんじゅうろう》にそっくりだよ。どうだい、遊んでいかないかい」

「間に合っているよ」

「そうかい。だったら、とっとと去りな」

忠兵衛は袖をひるがえし、おとみに背中を向ける。

「お待ち」

呼びとめられた。

「そういえば、お藤には娘があったねえ。名は何と言ったか、うん、おさよだ」

じっと動かずにいると、羅生門河岸の番人は得意げにつづけた。

「おさよってのは本名だよ。今じゃ『藤川』で一番の縹緻《きりょうよ》好しと評判でねえ、振袖新造《ふりそでしんぞ》にしてもらったばかりだというのに、身請話が来ているらしい。あんた、お大尽《だいじん》が誰だか知りたかないかい」

振りむいた途端、おとみは掌《てのひら》を差しだす。

「ちっ」

舌打ちしながらも、忠兵衛は一朱金を弾いてやった。

「まいどあり。お大尽の名は鯖屋錠八、出っ尻にある会席茶屋のご主人だよ」

「何だと」

「母親が知ったら、さぞかし喜ぶだろうねえ」

「……て、てめえ、おすまに教えてやらなかったのか」

「あたりまえだろう。この世に未練を残されても困るからねえ。娘が身請けされたからといって、地獄から抜けだせるわけでもなし」

身請金は百両で、母親もいっしょにどうのといったはなしは出ていない。

妙だ。

鯖屋が母親のことを知らぬはずはない。

殺された両替商に同情しているなら、母娘ふたりをまとめて身請けするはずだ。

本人に糾《ただ》さねば真意はわからぬが、殺しの依頼人と二度と会う気はなかった。会えばみずからに課した定めを破ることにもなる。

忠兵衛は羅生門河岸を離れ、来た道を戻りはじめた。

三之輪をめざすには大門から出て、物淋しい田圃道《たんぼみち》を山谷堀に沿って歩かねばならない。

火灯し頃の喧噪は落ちつき、素見《ひやかし》の客もずいぶん減っていた。

大門に近づくと、四郎兵衛会所の連中が獣《けもの》のような目で睨みつけてくる。

文句があんなら相手になるぜと粋がっても、損をするのはこっちのほうだ。

忠兵衛は目を逸《そ》らし、逃げるように大門の外へ出た。
三曲がりの五十間道を上りきり、左手へ足を向ける。
風に吹かれた見返り柳が、後ろで枝を揺らしていた。
「引きとめてえのか」
闇に問いかけると、山狗《やまいぬ》の遠吠《とおぼ》えが聞こえてくる。
――うおおん。
仕置場のある小塚原《こづかっぱら》のほうからだ。
取り捨てにされた刑死人の骨でも漁《あさ》っているのだろうか。
おすまは生きていまいと、忠兵衛はおもった。
鉄砲女郎は擦《す》り切れる寸前まではたらかされる。
養生《ようじょう》で寮送りにされた女郎が戻ってきたためしはない。
甚斎の恋情は、燃《も》え滓《かす》と消える。
「ふん、ざまあみやがれ」
本心と裏腹の台詞を吐き、やりきれぬ気持ちを振りきった。
小田原提灯《おだわらぢょうちん》に火を点《つ》け、寒々しい田圃の一本道を西へ進む。
鉄下駄《てつげた》でも履いたように足は重く、近いはずの道程《みちのり》が遠く感じられる。

誰かに尾《つ》けられているような気がして、忠兵衛は何度も振りむいた。

だが、後ろには漆黒《しっこく》の闇がわだかまっているだけだ。

――うおおん。

山狗がまた吠えている。

物悲しい遠吠えが女の慟哭《どうこく》に聞こえ、耳をふさぎたくなった。

五

甚斎はおすまの死を知り、夜っぴて泣きあかした。

忠兵衛は浜町河岸の看立所に上等な酒を持ちこみ、朝までつきあってやった。

兎《うさぎ》のような赤い目で家に帰ると、おぶんが鬼の形相《ぎょうそう》で待ちかまえていた。

「おまえさん、正直に言っとくれ。昨夜は何処へ行ってたんだい」

事情あって甚斎と朝まで呑んだと応じても、容易には納得しない。

理由はすぐにわかった。

「おまえさんが猪牙で山谷堀へ向かうのを、蝮《まむし》の辰吉《たつきち》がみたんだよ」

「けっ、腐れ目明《めあ》かしめ」

黒門町《くろもんちょう》の辰吉は狡猾《こうかつ》な岡《おか》っ引《ぴ》きで、何かといえば嫌がらせにくる。

「蝮に嚙みつかれたら百年目、言い逃れはできないよ」

「よし、順繰りに説《と》いてやるから、ちゃんと聞いてくれ」

忠兵衛は恋の熱に冒《おか》された甚斎のことが放っておけず、吉原の羅生門河岸を訪ねた経緯を喋った。もちろん、裏の仕置は秘密にしたが、それ以外は丁寧《ていねい》に誤解を解いておかねば腹の子にも響きかねない。

「嘘だとおもうなら、木場の若えやつらに頼んで、細見屋の俵太と切見世のおとみのもとへ走らせりゃいい。きっちり裏を取ってきてくれるはずさ」

「わかったよ、信じたげる。おまえさん、ごめんね」

おぶんは涙目で素直に謝り、両腕を伸ばして抱きついてくる。

忠兵衛はやんわりと抱きとめ、背中を優しく撫《な》でてやった。

「へへ、可愛いやつだな。ほれ、腹の子も喜んでいるぜ」

膨らんだ腹を触ると、内からどんどん蹴りつけてくる。

秘密にしたことを詰《なじ》られているようで、胸が苦しくなった。

おぶんが淹《い》れた煎茶《せんちゃ》を呑み、ほっと溜息を吐く。

上《あ》がり端《ばな》から腰をあげ、下駄を履いて外へ出た。

戸口に植えた美男葛《びなんかずら》の赤い実が目に沁《し》みる。

と、そこへ、幇間の粂太郎が訪ねてきた。

「おや、店に来るとはめずらしいな」

「じつは、ひと肌脱いでいただきたいことがありましてね」

おぶんが土間の手前で仁王立ち、こちらを睨みつけてくる。

粂太郎が座敷遊びに欠かせない幇間だと知っているからだ。

「粂さん、どうしたんです。うちの亭主にご用なら、こっちに来て堂々と喋ってくださいな」

「そいつはご勘弁を。男と女のおはなしでござんす」

「えっ」

驚いて声をあげたのは、忠兵衛のほうだ。

誤解を解いたばかりだというのに、またぞろ男と女のはなしをされては困る。

だが、粂太郎にかぎって、へまをするはずはない。

遠慮がちに敷居をまたぎ、おぶんにも聞こえるところまでやってくる。

「おすまという女が亡くなったとか」

「昨日の明け方、冷たくなった。寮の世話人に聞いたら、瘦《や》せ衰えてものも食えなくなっていたらしい」

それでも、最後は武家出身の女らしく、出刃包丁《でばぼうちょう》を握ったという。

「握ったはいいが、胸を刺す力も出せずに逝《い》ったのさ」

おぶんは気分でも悪くなったのか、奥へ引っこんでしまった。

「まあ、座ってくれ」

忠兵衛が上がり端に座ると、粂太郎も隣にちょこんと座った。

小さな眸子をしょぼつかせ、つづきを喋りはじめる。

「可哀相に。娘のおさよは母親がほとけになったのも知らず、鯖屋に身請けされていくんだな」

「身請話はおれも聞いたが、ほんとうなのか」

「ええ、ほんとうでござんすよ。『藤川』の遣《や》り手《て》から聞きやしたからね。ただし、忠兵衛の旦那に報《しら》せたかったのは、そのことじゃありません」

粂太郎は一拍間を置き、一段と声をひそめる。

「こっからさきのはなしは、おくうの調べでござんす」

「おくうの」

そう言って、忠兵衛は後ろの様子を窺《うかが》った。

いつぞやか、酔った勢いで「おくうの肌はもっちりして、肌理《きめ》の細かい絹豆腐のようだ」と、おぶんに自慢したことがあった。平手《ひらて》を食らって三日ほど口を利いてもらえなかったが、どうして恋女房に色っぽい芸者のはなしなどしてしまったのか、まるでおぼえていない。ともかく、それ以来、おくうのはなしは御法度《ごはっと》になった。

粂太郎は皺顔を近づけてくる。

「ご存じのとおり、おくうは母親の女手ひとつで育てられましたが、若え時分にその母親を流行病《はやりやまい》で亡くしちまった。幼い自分のせいで苦労を重ねたあげく、死んじまったと今でも悔やんでおります。それゆえ、可哀相な母娘をみると捨ておけなくなっちまうんですよ」

「ああ、わかったよ。それで、おくうは何を探《さぐ》ってきたんだ」

「鯖屋は表向きこそ繁盛しているようにみえますが、台所は火の車だそうです。理由はわかりません。博打《ばくち》に手を出したのか、欲しいものでも買い漁ったのか、ともあれ、見世を抵当に入れて一千両もの借金をこさえたそうです」

「金を借りた相手は」

「俳句仲間の両替商で」

「まさか、赤玉屋卯吉か」

「ご名答」

「ふうむ」

忠兵衛は低く唸《うな》った。

鯖屋は死んだ赤玉屋に一千両もの借金をしていたのだ。

親しい仲だと聞いていたが、どうも、はなしがちがう。

「鯖屋め」

裏にまわれば、とんだ食わせ者なのかもしれない。

赤玉屋を亡き者にすれば、鯖屋の借金は無くなる。

殺める動機としては充分だ。

が、赤玉屋を殺めた下手人《げしゅにん》はほかにいる。

言うまでもなく、忠兵衛たちが手に掛けた鳩組の連中である。

鯖屋錠八は「鳩組の連中を憎んでいる」と、忠兵衛にはっきり言った。

非業の死を遂げた赤玉屋の恨みを晴らすべく、だぼ鯊を介して忠兵衛に殺しを依頼してきたのだ。

粂太郎は、こほっと空咳《からせき》を放った。

「旦那、どうかしましたか」

「いいや、何でもねえ。つづけてくれ」

「へえ。鯖屋が赤玉屋の娘を身請けするって聞いたとき、よからぬ風が胸のなかをすうっと吹きぬけました。この件をこのまま闇に葬っちゃならねえ。性根を入れて調べなおしてみたほうがいい。おくうにもせっつかれましてね、それで、迷惑も顧《かえり》みずにこちらをお訪ねしたってなわけで」

おぶんが重そうな腹を抱えながら戻ってきた。

粂太郎は目鼻を皺顔に埋め、おもいきり笑ってみせる。

「ご新造《しんぞ》さん、ご亭主の忠兵衛さんは頼りになるお方です。しかも、情に厚い。そいつは、ご新造さんが一番よくご存じのはずだ。困っている人をみると、放っちゃおけなくなるんですよ」

「粂さんの仰るとおり、それが唯一の取り柄かもしれないね」

「さいでしょう。となれば、こたびの一件もきっと相談に乗っていただけるにちげえねえ」

おぶんは小首をかしげてみせる。

「今回の一件ってなあに」

「いやなに、てえしたことじゃありません。あっしが懇意《こんい》にしているお客の揉《も》め事《ごと》で」

「揉め事の後始末なら、蛙屋忠兵衛の十八番《おはこ》かもしれないねえ。粂さん、でも、ひとつだけ聞かせておくれ。揉め事が今よりもっとこじれちまったら、どうするんだい。町奉行所に訴えんのかい」

「それっきゃねえでしょう。ほら、北町奉行所にゃ、だぼ鯊の旦那もついていなさることだし」

「だぼ鯊なんて呼ぶのはおよし。長岡さまはお越しになると、かならず御仏壇に線香をあげ、おとっつぁんを偲《しの》んでくださるんだよ」

「こいつはどうも、とんだご無礼を」

「いいさ。粂さんの仰るとおり、長岡さまなら、きちんとけりをつけてくださるにちがいない。込みいったはなしはわからないけど、うちの亭主を貸したげるよ」

「おありがとう存じます。さすが、木場を仕切った重蔵《じゅうぞう》親分の娘さんだ。胆の太さがちがう」

「褒《ほ》めたって何も出ないよ。蜆《しじみ》のおつけでも温めるから、朝餉《あさげ》をいっしょに食べてっておくれ」

「おかまいなく。あっしはこれでお暇《いとま》いたしやす」

粂太郎は立ちあがり、忠兵衛に目配せをすると、急ぎ足で居なくなった。

「あれ、行っちまった。何だか、申し訳ないことをしちまったねえ」

おぶんは勝手へ引っこみ、やにわに朝餉の支度をしはじめる。

やがて、味噌汁《みそしる》の香ばしい匂いが漂ってきた。

ぐうっと、腹の虫が鳴る。

「粂太郎め」

まんまと巻きこみやがったなと、忠兵衛はおもった。

六

三日後、夜。

おくらは『藤川』の忘八が怪しいと言った。

三味線を抱えて妓楼に潜りこみ、探りを入れてみたのだという。

存外に強情《ごうじょ》っ張《ぱ》りなので、危ないまねはやめろと説いても、おそらく、聞く耳は持つまい。おくらによれば、妓楼は花車のおくまで保《も》っており、忘八の源蔵は周囲からろくでなしだとおもわれているが、なかなかどうして計算高い男のようだった。

鳩組の連中を葬った日、おくうは『鯖屋』で源蔵を見掛けていた。

そのときは誰だかわからなかったが、気になって素姓を探ったところ、京町二丁目の『藤川』に繋がった。

妓楼の遊女たちと懇意になり、じっくり調べてみると、さらにおもしろいことがわかった。鳩組の連中が『藤川』の座敷にあがっていたのだ。しかも、それは両替商の母娘が売られてくる以前のはなしであった。

要するに、忘八の源蔵は鯖屋の主人とも鳩組の連中とも通じていた。殺しを依頼した者と殺された連中の連結点にいたのだ。

「見過ごすわけにゃいかねえ」

吉原へやってきたのは、そのためだった。

おくうによれば、後《のち》の月《つき》を楽しむ十三夜《じゅうさんや》の今宵、源蔵は廓の外で何やら催《もよお》し事《ごと》を企《くわだ》てているという。

「怪しいな」

忠兵衛は『藤川』を張りこみ、源蔵を尾けてみようと考えた。

わずかに欠けた月が顔を出したころ、鼠《ねずみ》に似た小柄な男が妓楼から出てきた。

忘八の源蔵だ。

提灯持ちの手代とむさ苦しい風体《ふうてい》の用心棒をひとり連れ、早足で大門を通りぬけていく。

暗い田圃道のさきに、手代の持つ提灯の炎が揺れていた。

月は群雲《むらくも》に隠れては顔を出し、見上げる者たちを翻弄《ほんろう》する。

提灯を追って下谷《したや》竜泉寺町《りゅうせんじまち》の飛不動《とびふどう》へたどりつき、飛不動の門前を通りすぎて四つ辻に向かった。

提灯が辻を右手に折れたので、忠兵衛は裾をからげて必死に駆ける。

四つ辻のさきには、大名屋敷の海鼠塀《なまこべい》がそそり立っていた。

提灯は海鼠塀に沿って遠ざかり、大名屋敷の裏へまわりこむ。

急いで追いかけると、三人は裏木戸から屋敷に消えていった。

「おいおい、大名屋敷にへえるのかよ」

美濃大垣藩《みののおおがき》十万石の藩主、戸田采女正《とだうねめのしよう》の下屋敷だ。

「ははあ、なるほど」

合点がいった。

中間部屋で賭場《とば》が開帳されているのにちがいない。

鉄火場《てつかば》の熱気を想像しながら、忠兵衛は物陰に潜《ひそ》んだ。
夜の寒さが身に沁みる。
数刻のあいだに、大勢の客がやってきた。
権門駕籠《けんもんかご》や法仙寺駕籠《ほうせんじかご》に揺られてくる者もいる。
客とおぼしき連中はみな、上等な着物を纏っていた。
ほとんどは商人《あきんど》だが、偉そうな侍も何人かまざっている。
一見すると、盆茣蓙《ぼんござ》を囲むような連中にはおもえなかった。
いずれも、裏木戸の番人らしき者とことばを交わしている。
短いやりとりのあと、出入りを許してもらうのだ。
「合言葉か」
忠兵衛はおもいきって物陰から離れ、木戸脇の壁に貼りついた。
新たな客を待っていると、法仙寺駕籠が一挺《いっちょう》やってくる。
降りてきたのは、でっぷりと肥えた商人だった。
商人が裏木戸を敲《たた》くと、木戸越しに番人の声が聞こえてくる。
「聖天さまの真言《しんごん》をどうぞ」
問われた商人はよどみなく「オンキリギャクウンソワカ」と真言を唱《とな》えた。

木戸が開き、商人は供の者と内へ消える。

空の法仙寺駕籠は、待たずに去っていった。

「なかを覗いてやるか」

忠兵衛は居ずまいを正し、木戸のそばへ歩みよった。

木戸を敲くと、向こうから「聖天の真言を」と聞いてくる。

「オンキリ……オ、オンキリギャクウンソワカ」

さきほど耳にした真言を口走っても、すぐに木戸は開かない。

待たされる時が永遠にも感じられたとき、ようやく木戸が開いた。

腰を屈《かが》めて潜りぬければ、奴髭《やっこひげ》を生《は》やした中間がぎろりと睨んでくる。

「供の方は」

と聞かれ、忠兵衛は首を振った。

「そのような者はいない」

「かしこまりました。されば、あちらへ」

素姓も誰何《すいか》されず、中間部屋のほうへ顎をしゃくられる。

忠兵衛はほっと肩の力を抜き、指示された入口へ向かった。

そこには、下足番の中間が待っている。

「どちらさまで」

今度は素姓を糾されたので、隠さずに告げてやった。

「神田馬ノ鞍横町の蛙屋忠兵衛にございます」

「かしこまりました。されば、こちらへ」

中間に導かれたのは寺の伽藍《がらん》に似た大広間で、盆莫蓙もなければ、諸肌脱《もろはだぬ》ぎの壺振《つぼふ》りもいない。

部屋のまんなかに腰の高さほどの細長い台が仮設され、大小の仏像が所狭しと置いてあった。金箔《きんぱく》のほどこされたものもあれば、木目の荒々しいものや焦《こ》げついて原形をとどめぬ仏像まである。

驚くべきは、その種類だ。

あらゆる如来《にょらい》や菩薩《ぼさつ》はもちろん、十二神将《じゅうにしんしょう》や眷属《けんぞく》なども見受けられる。

客たちはさまざまな仏像を食い入るように眺め、なかには算盤《そろばん》を弾いている商人まであった。

ちょっとした仏像の骨董市《こっとういち》だが、客たちの真剣さが尋常ではない。

よくみれば、仏像には「いの一」や「ろの三」というふうに札がついており、客たちは手にした筆を舐め、これとおもった仏像の札を半紙に記していた。

競《せ》りでもおこなわれるのか。

忠兵衛の予想は当たった。

「お集まりの皆々さま、ただ今より競りを開始いたしまする」

声に目を向ければ、忘八の源蔵が喋っている。

どうやら、競りの仕切りを任されているらしい。

「中秋《ちゆうしゆう》の名月につづいて、今宵は後の月も愛《め》でることができました。片月見《かたつきみ》を避けられたは精進のたまもの、皆々さまは好運に恵まれましょう。今宵は半年に一度の大競りにござりまする。目利きの皆さまなれば、すでにおわかりのことと存じますするが、これだけの仏像は何処の店でもみつけられますまい。何せすべてがご本尊、名のある寺院の秘仏ばかりにござります」

何となく事情がわかってきた。

競りに掛けられるのはすべて故買品《こばいひん》、盗まれた仏像なのだ。

かりにそうであるのならば、寺社奉行《じしやぶぎよう》の手がおよばぬ大名屋敷の中間部屋で催される理由も納得できる。

お上にみつかれば、集《つど》ったすべての者は厳罰に処せられるにちがいない。

好事家《こうずか》にとってみれば、危険を冒してでも足を運ぶ価値があるのだろう。

そのことは、競りがはじまってすぐにわかった。

仏像ひとつにつき、途方もない値がつけられていくのである。

たとえば、頭を半分欠いた黒焦げの阿弥陀如来《あみだにょらい》に三千両もの値がついた。

客たちの囁き声に耳をかたむけると、浄土真宗《じょうどしんしゅう》の誰もが知っている寺のご本尊にほかならず、壬申《じんしん》の乱《らん》で焼失《しょうしつ》されたとおもわれていた秘仏らしい。壬申の乱といえば、今から一千百年以上もむかしのはなしだ。

由緒を聞けば腰を抜かしそうな仏像が、高値でどんどん取引されていく。

客たちは目を血走らせ、狙った秘仏を手に入れようと必死になった。

このなかに、信心深い者がいったい何人いるのだろうか。

仏像を競り落とすなど、罰当《ばちあ》たりにもほどがある。

中間部屋には、止《と》まることを知らない人の欲望が渦巻《うずま》いていた。

やがて、熱狂とともに競りは終了し、狙っていた秘仏を手にできた者は喜びを爆発させた。一方、手にできなかった者は意気消沈《いきしょうちん》し、口惜《くちお》しさを顔に滲《にじ》ませながら去っていく。

源蔵はとみれば、中間どもを顎で使い、仏像につけてあった札を競り落とした幸運な客に手渡していた。おそらく、客の素姓をきちんと把握《はあく》したうえで、仏像は後日引き渡す手筈になっているのだろう。
忠兵衛は帰る客の列につづき、中間部屋から逃れた。
裏木戸を潜ってしばらく歩き、ほかの客が去ったのを確かめて元のところへ戻る。
月の位置からすると、亥ノ刻《いのこく》は疾うに過ぎていた。

七

物陰に隠れて一刻《いっとき》ほど経ったころ、裏木戸から源蔵があらわれた。
裏門まで開き、中間たちの手で大八車が牽《ひ》かれてくる。
積まれた荷が仏像であることはあきらかだ。
しかも、盗まれた仏像である。
源蔵と用心棒は大八車の脇に従《つ》き、田圃の一本道を進んでいく。
行く手には遊廓の灯りがみえた。
「妓楼か」
なるほど、仏像を隠すにはもってこいのところだ。
忠兵衛は納得しながら衣紋坂を下りかけ、途中で引きかえす。

ふと、出っ尻の『鯖屋』で目にした十一面観音が頭に浮かんだのだ。

鳩組を葬ったあと、荒神棚に安置された観音像をみて、妙な感じを受けた。

あれもひょっとしたら、盗まれた仏像にちがいない。

そうおもうと、居ても立ってもいられなくなった。

見返り柳を背にしつつ、閑散《かんさん》とした編笠茶屋《あみがさぢゃや》を通りすぎ、日本堤を足早に進んだ。

山谷堀が大川《おおかわ》に注ぐ口で今戸橋を渡ると、二度と来ないと誓ったはずの『鯖屋』にたどりつく。

夜更《よふ》けなので、人気《ひとけ》はない。

空は分厚い雲に覆《おお》われ、月は隠れてしまった。

忍びこむ身にとってはありがたい。

忠兵衛は裏手にまわり、塀を楽々と乗りこえた。

屋敷の内に忍びこむのは、お手のものだ。

おぶんも知らないことだが、忠兵衛は関東一円で名を馳《は》せた盗人《ぬすっと》にほかならない。

仙次《せんじ》という錠前《じょうまえ》破りの得意な弟分と組み、金持ちの悪党だけを狙って金蔵荒らしを重ねた。十年近く金蔵荒らしをつづけ、義賊を気取って盗んだ金を貧乏長屋にばらまいていた。

　ところが七年前、仙次がどじを踏んで捕まった。忠兵衛は弟分を見捨てることができず、仙次の身柄と交換に縄を打たれた。拷問蔵《ごうもんぐら》で辛《つら》い責め苦を受け、盗んだお宝の隠し場所を吐かされた。打《う》ち首獄門《くびごくもん》の沙汰《さた》が下って死を覚悟したとき、内与力の長岡玄蕃から取引を持ちかけられたのだ。

「命を助ける代わりに、わしの密偵《いぬ》になれ」

　と説かれ、仕舞いには折れた。

　帳尻屋が生まれるきっかけともなった逸話だ。

　仙次は上方《かみがた》に逃れ、今も盗人稼業をつづけているという。虫一匹殺すことのできぬ臆病者が残虐《ざんぎゃく》な悪党に変わったとも聞いたが、真実はわからない。江戸へ出てくれば、対峙《たいじ》する機会もあろう。

　一方、忠兵衛は改心した。ただし、おぶんと所帯を持って生まれかわった今も、だぼ鯊との因縁《いんねん》は切れていない。

　それが証拠に、こうして厄介事を抱えている。

　命を助けてもらった恩は薄れ、今は恨めしい気持ちしかない。

忠兵衛は闇に溶けて裏庭を通りぬけ、勝手口から土間に忍びこんだ。

夜目が利くので、なかの様子はわかる。

少しも迷わず、荒神棚のそばへ向かった。

十一面観音は、暗闇のなかでも後光を放っている。

「まちがいねえな、こいつは本物だ」

震える手を伸ばし、一度は引っこめる。

じっと目を瞑《つぶ》り、みずからを納得させた。

「盗むわけじゃねえ」

知りあいの古物商《こぶつしよう》に鑑定させるだけだと胸につぶやき、もう一度手を伸ばして仏像を摑んだ。

――がしゃっ。

御神酒徳利《おみきどくり》が壊れる音とともに、何かが足許《あしもと》を擦《す》りぬける。

鼠だ。

「ひゃっ」

廊下の端で、女の声がした。

手燭《てしよく》を掲《かか》げた下女が立っている。

「……ど、どろぼう」

下女は声を裏返した。

忠兵衛は勝手口を風のように抜け、裏木戸の外へ飛びだす。

左手は川だ。咄嗟《とっさ》に右手へ駆け、しばらく進んで立ちどまる。

行く手に、ふたつの人影が立ちふさがっていた。

ひとりは馬面《うまづら》で背が高く、ひとりは小柄な男だ。

小柄なほうは、源蔵にまちがいない。

五分月代《ごぶさかやき》の馬面は用心棒であろう。物腰から推《お》すと、かなりの遣《つか》い手《て》だ。

忠兵衛は後退《あとずさ》りしかけたが、勝手口のほうからも追っ手が飛びだしてくる。

「ふへへ、鼠にしちゃでけえな」

源蔵がうそぶいた。

「おめえ、ずっと尾けていやがったな。気づかねえとおもったら、おおまちげえだぜ。いってえ、何者なんだ」

忠兵衛はこたえず、片方の裾を捲《まく》りあげる。

ここは一か八か、正面突破をこころみるしかない。

「懐中に隠しているのは何だ。まさか、鯖屋の十一面観音か」

「だったら、どうする」

「たしかに、そいつはめっけもんだ。売っぱらえば、五百両にゃなる。ひょっとして、ご同業か。盗人なら、蝙蝠小僧《かわほりこぞう》の名を知らねえはずはあんめえ」

おもいだした。京大坂で名を馳せた寺荒らしだ。

「首魁《しゅかい》の源蔵とは、おれのことさ。へへ、そいつを知られた以上、生かしておくわけにゃいかねえ」

「しゃらくせえ」

忠兵衛は、だっと土を蹴った。

「鷺沼《さぎぬま》先生、殺っちまってくれ」

「おう」

源蔵から「鷺沼」と呼ばれた用心棒が刀を抜く。

忠兵衛は袖口《そでぐち》から銀煙管《ぎんぎせる》を取りだした。

「死ね」

ぶんと、刃風《はかぜ》が唸った。

鷺沼の刀が襲いかかってくる。

――がつっ。

銀煙管で受け、弾きかえした。

鷺沼は左手で脇差《わきざし》を抜き、素早く水平斬《すいへいぎ》りを繰りだす。

――ずばっ。

両刀を使った攻めに不覚を取った。

裂かれた腹から、血が滲みだす。

「へへ、ざまあみやがれ」

源蔵が吐きすてた。

「ふおっ」

鷺沼が鬼の形相で二刀を掲げる。

「食らえ」

忠兵衛は咄嗟に、十一面観音を抛《ほう》った。

「ふん」

鷺沼がおもわず、刀を薙ぎあげる。

十一面観音がまっぷたつになった。

胴を斜めに断たれたのだ。

「あっ」

鷺沼と源蔵が凍りつく。

仏像の切り口から、強烈な光が放たれたやに感じられたのだ。

動揺する鷺沼の小脇を擦りぬけ、忠兵衛は脱兎《だつと》のごとく駆けだす。

どこをどう駆けたのかもわからない。

暗い夜道をひたすら走り、小高い山を駆けのぼった。

赤い本堂や稲荷社《いなりしや》の鳥居がみえる。

待乳山聖天だ。

奉じられる大聖歓喜天は驚異の霊力を持ち、子孫七代までの福を一代で取らせるという。

裂かれた腹の傷が、ずきっと痛んだ。

「くそっ、どじを踏んじまったぜ」

荒神棚から仏をおろした罰が当たったのだろう。

生きているだけでも運があると言わねばなるまい。

観音菩薩のご加護《かご》で窮地《きゆうち》を脱したのだ。

忠兵衛は本堂に手を合わせ、源蔵の口から漏れた「蝙蝠小僧」という呼び名を嚙みしめた。

八

家に戻る途中で夜明かしの屋台に立ちより、焼酎《しょうちゅう》を徳利ごと買いもとめた。

辻の暗がりに足を運び、血だらけの着物をたくしあげる。

喉《のど》を鳴らして焼酎を呑み、最後は口にふくんで、ぶっと傷口に吹きかけた。

「ぬぐっ」

激痛のせいで気が遠くなりかける。

黒塀《くろべい》に沿ってよろよろ歩き、軒行灯の下で傷を調べてみると、臍《へそ》の上が横に六寸ほど裂けていた。

おもったよりも浅傷《あさで》なので安堵《あんど》し、手拭《てぬぐ》いで腹をきつく縛りつける。

そして、何食わぬ顔で歩きつづけ、馬ノ鞍横町の家にたどりついた。

幸い、おぶんはさきに寝ており、着替えて早々に床へ就《つ》くと、おぶんが向こう側に寝返りを打った。

遅く帰った夜は、ふてくされて頭から夜具《やぐ》をかぶっていることもある。

今夜は、まだましなほうだ。

なかなか眠れずに朝を迎え、いつものように起きて朝餉をとった。

――なあご。

皿の目刺《めざ》し目当てにすり寄ってきたのは、三毛猫《みけねこ》の忠吉《ちゅうきち》だ。

おぶんが名を付けた。

あたりまえのような顔で忠兵衛の膝に乗り、目刺しをくれとせっつく。

食べさせてやると、おぶんに叱られた。

「甘やかしたらいけないよ」

子育てといっしょで、躾《しつけ》が肝心らしい。

そうこうしているうちに、糊口《ここう》を凌《しの》ぐ口を求めて胡散臭《うさんくさ》い浪人どもがやってくる。

忠兵衛は適当にあしらい、逃げるように外へ飛びだした。

腹の痛みは治まったが、虫歯がまた痛みだした。

「めえったな」

今日こそは、甚斎に抜いてもらおう。

空はからりと晴れわたり、頬を撫でる風は心地よい。

人通りの多い大路《おおじ》を避け、小径《こみち》や裏道を縫《ぬ》うように進む。

「ん」

三光稲荷のあたりで、誰かに尾けられているのがわかった。ひとつさきの四つ辻をひょいと曲がり、待ちぶせをはかる。のこのこ近づいてきたのは、みおぼえのある男だった。忠兵衛が顔を差しだすと、腰を抜かさんばかりにする。

「おめえはたしか、鯖屋で見掛けた手代だったな」

「……お、おぼえておいでで」

「名は」

「弥兵衛と申します」

「おう、そうだ。鯖屋の主人に聞いた名だ」

どうみても、手代ではない。小悪党の面《つら》つきだ。

「おれに何の用だ。さては、店のまえで張りこんでいやがったな」

「滅相《めっそう》もございません。たまさか人形町《にんぎょうちょう》通りでお見掛けしたもので、ご挨拶《あいさつ》申しあげようとおもいましてね」

「尾けてきたのか」

「へえ、まあ」

「町中で挨拶したら命はねえと、鯖屋に伝えておいたはずだがな」

「そんな殺生な」

愛想笑いを浮かべる弥兵衛に近寄り、忠兵衛はすっと相手の懐中に手を入れた。

「うえっ、何しやがる」

「ふん、本性を出しやがったな」

忠兵衛の手には、匕首が握られていた。

「会席茶屋の手代が、こんなものを呑んでるのか」

忠兵衛は白刃を抜き、弥兵衛の鼻先へ近づける。

「正直に言え。おれに何の用だ。言わなきゃ、あの世逝きだぜ」

「……ま、待ってくれ。おいらはただの走り使いなんだ」

「誰の走り使いだって」

口を噤《つぐ》む弥兵衛の頬に、白刃をぺたっとくっつけた。

「言うから勘弁してくれ……か、蝙蝠の源蔵親分だ」

「なるほどな」

昨夜対峙した相手が忠兵衛かどうか、顔を知る弥兵衛に確認させようとして寄こしたのだ。

「あんたの風体が観音菩薩を盗んだ男と似てるってんで、洲走《すばし》りの異名を持つおいらが寄こされたのさ」

「鯖屋の主人はどうしてる」

「えっ」

「観音菩薩をまっぷたつにされて、怒りくるってんじゃねえのか」

弥兵衛は、じりっと後退る。

「やっぱし、おめえが仏像を盗んだのか」

「おれなら、どうする」

「命はねえ。源蔵親分に睨まれりゃ、誰であろうと命はねえ」

忠兵衛は片頬で笑った。

「おめえ、源蔵の手下なんだろう。だったら、もう少し聞きてえことがある」

弥兵衛の胸倉を摑み、おもいきり引きよせた。

浜町河岸に架かる栄橋を渡り、山伏の井戸の近くで足を止める。

目に飛びこんできたのは、口中医の看板だ。

弥兵衛ともども、敷居をまたいだ。

「おい、甚斎はいるか。患者を連れてきてやったぜ」

羆《ひぐま》のようにのっそりあらわれた甚斎は、不敵な笑みを浮かべる。

「ほう、久方ぶりの患者じゃねえか。腕が鳴るぜ」

恐怖に駆られたのか、弥兵衛がきゃんきゃん吠えた。

「てめえら、何すんだ。何を企《たくら》んでいやがる」

逃げようとしても、後ろには忠兵衛が立ちはだかっている。

甚斎が弥兵衛の首根っこを摑み、腹に当て身を食らわせた。

ぐったりしたからだを、ふたりがかりで奥の部屋へ運ぶ。

床几《しょうぎ》の隅に座らせ、両手両足を縛りつけた。

こうしておけば、いくら暴れても逃れられまい。

忠兵衛が平手で頰を打った。

――ぴしゃっ。

弥兵衛は目を覚まし、左右をきょろきょろみまわす。

正面には甚斎が立ち、右手にやっとこを握っていた。

「うえっ、何しやがる。やめてくれ、後生だから、やめてくれ」

「がたがた騒ぐんじゃねえ」

甚斎は太い腕を伸ばし、弥兵衛の鼻を指で摘まんだ。

苦しくなって口を開けたところへ、やっとこをねじこむ。

「あへっ」

上の前歯をがっちり挟み、有無を言わせずに引きぬいた。

「ひゃっ」

弥兵衛はたまらず、悲鳴をあげる。

甚斎はかまわず、ふたたび、小悪党の鼻を指で摘まむ。

口が開いた瞬間、やっとこをねじこみ、今度は奥歯を挟んだ。

「……ぐ、ぐがが」

口からは血を流し、目からは涙を流している。

忠兵衛がうなずくと、甚斎はようやく離れた。

弥兵衛は涎《よだれ》を垂《た》らし、声を震わせる。

「……か、堪忍《かんにん》してくれ」

見下ろす忠兵衛の声は冷たい。

「問いにこたえたら、許してやってもいいぜ」

「……わ、わかった。何でも喋る」

「よし、まずは源蔵の素姓だ。蝙蝠小僧ってのは聞いたことがある。上方で名を馳せた盗人だったな」

「さいです。寺荒らしの蝙蝠小僧って言えば、京大坂で知らねえ者はいねえ」

盗んだ仏像がある程度たまると、江戸へ出てきて売りさばくのだ。

源蔵は数年前、仏像を売りはらった金で吉原の小見世を買いとり、仏像の隠し場所にしたという。

「うめえことを考えたな」

狡賢い男だ。廓の内ならば、寺社奉行の手もおよびにくい。

忠兵衛はつづけた。

「つぎは、鯖屋との関わりをはなせ」

「鯖屋錠八は上客でござんす」

三度の飯よりも秘仏が好きで、手にはいるようなら、身代《しんだい》がかたむいてもよいとまで言ったらしい。

荒神棚に安置した十一面観音像も、じつは源蔵から買った盗品だという。

「よし、それじゃ肝心のことを聞こう」

忠兵衛はぐっと顔を近づけ、声の調子を落とした。

「鳩組に赤玉屋を殺らせたのは、誰だ」

「えっ」

弥兵衛は口を噤む。

何があっても、それだけは喋らぬ気らしい。

「そいつを言えば、命はねえ。どうか、ご勘弁を」

「いいや、勘弁ならねえ。歯がぜんぶ無くならねえうちに、あらいざらい喋ったほうがいいぜ」

懸念《けねん》していたとおり、両替商殺しには裏があった。

赤玉屋は借金のカタに取った高価な仏像を、何体も所有していたという。ことに、関八州《かんはっしゅう》にある名の知れた寺から手に入れた聖天像は、好事家ならばいくら金を払っても欲しいものだった。

鯖屋が見過ごすはずはない。

さっそく大金を積んで譲渡を持ちかけたものの、赤玉屋からにべもなく断られた。

売らぬのではなく、値を吊りあげるための常套《じょうとう》手段だったという。

粘り強い交渉のすえ、ついに二千両ではなしがついた。

ただし、鯖屋の手許《てもと》には得手勝手に使える金が一千両しかない。

残りの一千両は借金で賄《まかな》う約束を交わし、ふたりはいったん別れた。

赤玉屋卯吉が鳩組の連中に殺められたのは、それから数日後のことだ。

「源蔵親分が鯖家の旦那に頼まれて殺ったのさ」

弥兵衛はひらきなおり、はっきりとそう言った。

鯖屋は当初、赤玉屋を殺す気ではなかったらしい。

拐《かどわ》かして責め苦を与えさせ、聖天像の所在を聞きだすつもりだった。

ところが、鳩組の連中は聞きだすどころか、なかば面白半分に赤玉屋を殺めてしまった。

通夜の晩、鯖屋は図々しくも赤玉屋を訪ねたという。

遺《のこ》された母娘にお悔やみを述べつつも、さりげなく聖天像の所在を尋ねた。すると、娘のほうが知っている素振りをみせたので、養女にならぬかと持ちかけたところ、気持ちの整理がついていないと断られた。

そこでふたたび、鳩組の連中を使うことにした。

餓《う》えた狼どもは喪の明けぬ店を襲い、母娘に乱暴をはたらいたあげく、ふたりを吉原遊廓の『藤川』に売りつけた。

「ぜんぶ、源蔵親分の差しがねさ」

鯖屋の依頼はすべて、源蔵を経由しておこなわれていたのだ。

「旗本を使えば、町奉行所から目を付けられる恐れもねえ。へへ、鳩組の連中、まんまとやりやがった。でもな、欲を掻《か》いて報酬が少ねえと喚《わめ》きはじめた。さすがの親分も手を焼いてな。そこで、あんたらの出番となったわけさ」

「よくも騙《だま》してくれたな」

源蔵は弥兵衛をともない、住む者のいなくなった赤玉屋の家屋《かおく》を隈無《くまな》く探した。

だが、鯖屋が欲しがっている秘仏はみつからなかったという。

廓のものになった母娘にも尋ねたが、ふたりとも知らぬと言いはった。強く出ると舌を嚙む恐れもあったので、娘のほうを徐々に懐柔《かいじゅう》し、仕舞いには鯖屋に身請けさせる段取りまで組んだ。

まわりくどい手を講じてでも、鯖屋は聖天の秘仏を欲《ほっ》したのだ。

入りくんだ筋書きも、解けてしまえば簡単なはなしだ。

すべては、金満家のどす黒い欲が招いた凶事だった。

元凶は鯖屋錠八で、片棒を担《かつ》いで儲《もう》けようとしたのが蝙蝠の源蔵にほかならない。

「ふたりとも、生かしちゃおけねえな」

と、甚斎が吐きすてた。

死んだおすまのことがよほど口惜しいのか、目に涙まで溜《た》めている。

忠兵衛は、いたって冷静だった。

悪党に引導を渡すと決めたときは、いつもこうだ。

沸騰《ふっとう》するような怒りを、いったん凍結しなければならなかった。

冷めた頭で策を練り、沈着《ちんちゃく》冷静に事を運び、痕跡《こんせき》も残さない。

それがいかに難しいことかを、忠兵衛は知りつくしていた。

九

翌早朝、山谷堀の浄閑寺寄りに、おさよの死体が浮かんだ。

朝一番で報せにきたのは、蝮の異名を持つ岡っ引きの辰吉だ。

上がり端にどっかり座るなり、たたみかけるように喋りだした。

「おめえが『藤川』の忘八と懇意だって聞いたからよ、それとなく遊廓のほうに耳をかたむけていたら、近頃評判の新造が死んじまったっていうじゃねえか」

辰吉は鼻の下に小豆大《あずきだい》の黒子《ほくろ》がある。鼻糞《はなくそ》のような黒子を触りながら喋るときは、袖の下をせがむ前触れと決まっていた。

だが、忠兵衛は容易に応じない。

おさよの死を聞いて、内心では動揺しているものの、表向きは冷静さを装いつつ、深々と溜息を吐いた。

「その新造、どうして大門を抜けちまったんでしょうね」

「おっかさんに会いたくて、後先も顧みずに抜けだしたんだとよ」

花車のおくまが酔いに任せて、うっかり母親の死を告げたらしかった。おさよはそれを聞いて半狂乱になり、真夜中に小見世の勝手口から抜けだすと、母親の屍骸《むくろ》が葬られた浄閑寺をめざした。途中、暗闇のなかで足を滑らせ、川にはまって還《かえ》らぬ人になったという顛末《てんまつ》だ。

「身請先も定まっていたってのに、何で早まっちまったのか、おいらにゃさっぱりわからねえ」

辰吉は素十手《すじって》で肩を叩き、おもいだしたように声を張った。

「ここの家は茶のひとつも出ねえのか」

すぐさま、おぶんが奥から銚釐《ちろり》を載せた盆を抱えてくる。

「親分さん、お茶だなんて野暮《やぼ》は言いなさんな。はい、下りものの満願寺《まんがんじ》ですよ」

おぶんに酌《しゃく》までしてもらい、辰吉はご満悦《まんえつ》だ。

盃に口を近づけ、ひと口呑んで額《ひたい》をぴしゃっと叩く。

「こいつは美味え。正真正銘の満願寺だぜ」

ほんとうは、名もない安酒にすぎない。

おぶんはぺろっと舌を出し、奥に引っこんでしまった。

「忠兵衛よ、できた女房じゃねえか。おめえにゃもったいねえぜ」

「おありがとう存じやす」

てめえみてえな滓《かす》に言われたかねえと胸の裡で毒づき、忠兵衛は顔色も変えずに問うた。

「ところで、親分はその目でほとけをみたんですかい」

「えっ」

辰吉は途端にことばを詰まらせ、酒の残りを喉に流しこむ。

屍骸を直《じか》に検屍《けんし》したのでなければ、はなしにならない。

さすがに辰吉もわかっており、早々に居なくなった。

――なあご。

三毛猫の忠吉が膝に乗ってくる。

「あいかわらず、図々しいやつだな。目刺しはねえぞ」

ことばが通じたのか、忠吉は膝から離れ、表口から逃れていった。

入れ替わりに、小太りの四十男が敷居をまたいでくる。

細見屋の俵太であった。

「へへ、おさよのこと、蝮のやつに教えてやったな、このおれさ。おめえさんを驚かせてやろうとおもってな」

「ふん、余計なことをしやがると承知しねえぞ」

「まあ、そう怒るなって」

俵太は上がり端に尻を引っかけ、床に置かれた銚釐を摘まむ。

天井を見上げて注ぎ口をかたむけ、残り酒を喉に流しこんだ。

「ぷふう、ひでえ酒だぜ。阿呆な岡っ引きにゃ、ぴったしだな」

忠兵衛は焦《じ》れた。

「それで、おめえはおさよの屍骸を目にしたのか」

「みたから来てやったのさ。でもな、只《ただ》じゃ教えられねえ。駄賃を貰うぜ」

「いくらだ」

俵太は指を二本立てる。

「二朱か」

「へへ、桁《けた》がちがう。二両だよ」

「けっ、足許をみやがって」

「耳寄りのはなしだぜ」

「くそったれめ」

忠兵衛は渋々ながらも、袖口から小判を一枚取りだした。

「今はこれっきゃねえ」

「まあ、いいだろう」

俵太は小判を袖口に入れ、低声《こごえ》で喋りだす。

「おさよは川にはまって死んだんじゃねえ。首の骨を折られたのさ。しかも、生《なま》爪《づめ》をぜんぶ剝《は》がされていた」

「何だって」

「折檻《せっかん》されたあげく、殺められたのさ。おおかた、源蔵の仕業《しわざ》だろうよ」

おさよは小見世のなかで死んだあと、早桶《はやおけ》に詰めこまれて大門の外へ運びだされ、暗闇に紛《まぎ》れて川に捨てられたのだ。そもそも、廓の遊女が容易に逃れられるほど大門の警戒は甘くない。

「でも、どうして折檻など」

「秘仏の在処《ありか》を知りたかったにちげえねえ」

囁く俵太を、忠兵衛は睨みつけた。

「てめえ、何で秘仏のことを知ってんだ」

「花車のおくまを酔わせて、それとなく聞いてみたのさ。源蔵は廓の忘八を装っているが、ほんとうは寺荒らしの盗人だ。『藤川』の奥には開かずの座敷ってのがあってな、名の知られた寺のご本尊が何体もお眠りになっているらしいぜ。ふん、罰当たりな野郎だぜ。源蔵はな、秘仏のなかの秘仏と言われる仏像を探していやがった」

「聖天像か」

「ああ、そうだ。聖天像の所在をどうしたわけか、おさよが知っていたらしい」

洲走りの弥兵衛が喋った内容とも符合《ふごう》する。

おくまのせいで母の死を知った娘は、みずから命を絶とうとしたのかもしれない。

焦《あせ》った源蔵は痺《しび》れを切らし、懐柔ではなく、責め苦という手段に転じた。

生爪まで剝がして酷《ひど》い責め苦を与え、挙《あ》げ句《く》の果てには死なせてしまったのだ。

「源蔵は秘仏の在処を聞きだしたにちげえねえと、おれはみている。用無しになりゃ、おさよは死ぬ運命《さだめ》にあったのさ」

俵太の読みどおりだろう。

源蔵は秘仏の聖天像を手に入れた。

それを鯖屋に高値で売りつける腹なのだ。

一方、鯖屋は金に糸目をつけず、聖天像を手に入れようとするにちがいない。

狙った秘仏さえ手にできれば、おさよのことなど最初《はな》からどうでもよかった。

「許せねえやつらだ」

忠兵衛は、胆汁《たんじゅう》でも搾《しぼ》りだすように吐きすてた。

俵太は嘲笑《あざわら》う。

「へへ、そんなやつらに、おめえさんは騙された。お人好しにもほどがあるぜ。邪魔者の鳩組を始末してやったんだからな」

「しっ、声がでけえぞ」

おぶんが聞き耳を立てているやもしれぬと奥の様子を窺ったが、人の気配は消えていた。

忠兵衛は眸子を剝《む》き、俵太を睨みつける。

だが、海千山千の細見屋は怯《ひる》まない。

「どうするつもりだ。悪党どもを地獄へ送るのかい」

「うるせえ」

「殺らなきゃ、帳尻屋の名折れじゃねえのか」

「うるせえと言ってんのが、わからねえのか。とっとと消えうせろ」

「ああ、消えてやるさ。匕首を抜かれたら、たまらねえかんな」

去っていく小太りの男の背中を睨み、忠兵衛は唇《くち》もとを嚙みしめた。

悪事の筋はみえたが、敵は容易ならざる相手だ。

だが、こちらの素姓に勘づいている以上、のんびりしてはいられない。

勝手のほうから、屈託のないおぶんの声が聞こえてくる。

「おまえさん、朝餉は鯖の味噌煮《みそに》だよ」

朝っぱらから、鯖なんぞ食いたくもない。

忠兵衛は顔をしかめ、銀煙管の火口《ほくち》に火を点けた。

十

長月十六夜《いざよい》、揺れながら昇った月が群雲に見え隠れしている。

今宵、源蔵が鯖屋にやってくると教えてくれたのは、細見屋の俵太だった。

また一両をふんだくられたものの、得がたい情報であることにまちがいない。

鯖屋で始末すると決めたのは、まだ陽の高いころだ。

さっそく、柳左近と甚斎のもとへ使いをやった。

すでに陽は落ち、黒い鏡と化した滑《なめ》らかな川面に一艘の小舟が静かに水脈《みお》を曳《ひ》いている。

「段取りは難しくねえ」

黒い小紋《こもん》を纏った忠兵衛が、船尾でゆったり櫓を押した。

左近と甚斎を連れて座敷にあがり、隙をみて一気に片を付ける。

獲物は三匹、蝙蝠の源蔵と用心棒の鷺沼増也《ますや》、それと鯖屋錠八にほかならない。

粂太郎とおくうも「手伝わせてほしい」と申し出てくれた。

ふたりには先日のように、宴席の賑やかしをやってもらう。

鳩組の宴席でも座持ちをやったが、鯖屋は顔までおぼえていまい。幇間と白芸者ならば、座敷に毎夜のように呼ばれている。吉原に近い会席茶屋であればあたりまえのことなので、老いた幇間と艶《つや》めいた白芸者が顔をみせたところで不信を抱かれる恐れはなかろう。

忠兵衛は顔を知られているので、月代を青々とさせた勘定方《かんじょうかた》の役人に化けていた。

一方、じっと腕組みで座る左近はいつもと様子がちがう。月代を剃《そ》って髷《まげ》を変え、町人に化けさせた。

「ぷっ、やっぱし変だぜ。どうみても似合わねえ」

指をさして笑う甚斎は光沢《こうたく》のある着物を纏い、恰幅《かっぷく》の好《い》い薬種問屋《やくしゅどんや》の主人に化けている。

左近も顔を知られているので、薬種問屋の手代にするしかなかったのだ。

雄藩の勘定方と薬種問屋の主従が密談を交わしたあと、吉原遊廓へ繰りだすという筋書きをつくった。

侍と町人が入れ替われば、まったくの別人にみえなくもない。

「それにしても、殺生石がおれの提灯持ちをつとめるとはな、長く生きてりゃおもしれえこともあるもんだ」

甚斎の軽口《かるくち》にも、左近はまったく反応しない。

三人の乗る小舟は、黒い川面を音も無く進んでいった。

鳩組の仕掛けで訪れたのが、遥《はる》か以前のことのように感じられる。

やがて、山谷堀の船入がみえてきた。

小高い丘に瞬《また》く灯りは、待乳山聖天のものだ。

忠兵衛は左近に櫓を譲り、偉そうに腰を下ろす。

山谷堀の桟橋では、艫綱《ともづな》を待つ連中の目があった。

左近は巧《たく》みに船をつけ、陸に降りた三人は今戸橋を渡る。

ゆったり歩いていくと、会席茶屋の灯りが煌々《こうこう》と輝いていた。

二度と足を運ばぬと決めていたはずの『鯖屋』に、惨劇の痕跡は微塵もない。

あらかじめ伝えてあったので、敷居をまたいで名を告げると、手代らしき男が愛想笑いを浮かべてみせた。

見知った顔の男だが、怪しまれた様子はない。

忠兵衛と左近が入れ替わったことで、新規の客にみえたのだろう。

三人は手代に導かれて廊下を渡り、二階座敷へ通じる階段を上った。

ふいに、芳《かぐわ》しい香りが漂ってくる。

羅生門河岸で嗅《か》いだのと同じ香りだ。

「金木犀か」

廊下の端から身を乗りだしてみると、庭の片隅に黄金《こがね》の花を咲かせている。

前回はまだ咲いていなかったのか、それとも、気づかなかったのか。

血腥《ちなまぐさ》い臭《にお》いを少しでも薄めてくれることを祈った。

中庭をコの形に囲う廊下の端には、あいかわらず、落葉松の枝がにょっきり突きだしている。

枝の先端は鋭利な刃物のようで、今から起こる惨劇を暗示しているかのようだ。

招《しょう》じられた部屋は、階段にもっとも近い十畳間である。

ほかの五部屋も十畳で、鯖屋錠八と源蔵が密談を交わす奥座敷は中庭を挟んで対面に位置していた。

密談が終われば、粂太郎とおくうが座敷に呼ばれるはずだ。

下女に小銭を握らせ、そこまでは仕込むことができた。

あとはどうやって、奉公人やほかの客に知られずに獲物を片付けるか。

案内《あない》された座敷に腰を落ちつけると、下女が酒肴《しゅこう》の膳を運んできた。

左近は平皿に刺鯖をみつけ、おもわず相好をくずす。

人の好さそうな丸顔の番頭があらわれた。

「賑やかしや芸者衆がご入り用なら、すぐに段取りいたしますが、どういたしましょうか」

「けっこうだ」

仕切り役の甚斎が横柄《おうへい》な口調で応じる。

「腹がくちたら、あちらへまいるゆえな」

吉原遊廓の方角を指さすと、番頭はふくみ笑いをしてみせた。

「かしこまりました。さればのちほど、主人がご挨拶にまいります。どうぞ、当店自慢の会席料理をご堪能《たんのう》くださりませ」

甚斎はうなずき、番頭は消えた。

忠兵衛は上座から下がって銚子を手にし、左近の盃に注いでやる。

「ふふ、壁に穴は開いておりやせんぜ。それにしても、左近の旦那は町人髷が似合わねえな。可笑《おか》しすぎて、腹に力がへえらねえや」

「忠の字の言うとおりだぜ」

甚斎は手酌《てじゃく》で酒を注ぎ、喉を鳴らして三杯たてつづけに流しこむ。

「おいおい、呑みすぎんなよ」

「うるせえ。酒無しでやってられるか」

「ふん、困ったやつだ」

忠兵衛の纏う着物は黒一色のようだが、近づいてよくみれば獅子《しし》が牙《きば》を剝いた獅嚙文《しがみもん》がほどこされていた。

それに気づいた甚斎が、羨ましげにつぶやく。

「損料屋《そんりょうや》に借りたのか。あとでおれにも着させろ」

「嫌だね。こいつは室町《むろまち》の呉服屋で仕立てた代物《しろもの》だ。簞笥《たんす》の肥やしになっていたが、着てみたくなったのさ」

「血まみれになったらどうする」

「そんな下手《へた》は打たねえよ」

戯《たわむ》れ口《ぐち》を交わしていると、襖障子の向こうに人の気配が立った。

三人は動きを止めて身構える。

張りつめた空気のなかへ、囁くような女の声が聞こえてきた。

「わたしです」

おくうだ。

「獲物は三匹ですよ」

すっと、気配は消えた。

甚斎が安堵の溜息を吐く。

「それで忠の字、策はあんのか」

忠兵衛は月代を搔いた。

「ここまでが策だ。こっからは成りゆき任せさ」

「だとおもったぜ」

策は無いと言いつつも、忠兵衛には勝算がある。

鯖屋が部屋へ挨拶にくると、さきほど番頭に聞いたからだ。

「そんときが好機かもしれねえな」

鯖屋が座を外せば、源蔵と鷺沼も厠《かわや》へ立つ公算が大きい。

三人がばらけたところを狙うのだ。

客はほかにふた組あり、六部屋のうちの四つは埋まっていた。

奥座敷の隣部屋に客がいないのは、壁の修繕が済んでいないからだろう。

ほかの客に知られぬように事を運ぶのは至難の業《わざ》だが、帳尻屋の腕のみせどころでもある。

じりじりとした刻《とき》が過ぎた。

幸い、客のひと組が居なくなってくれた。

酒肴の膳もあらかた平らげ、痺れを切らしかけたころ、襖障子の向こうに人の気配が立った。

おくうだ。

「鯖屋がやってきますよ。忘八と用心棒は厠へ立ちました」

それだけを告げ、気配は消えた。

左近と甚斎が立ちあがり、黙って部屋から出ていく。

役人に化けた忠兵衛だけが、ひとりで上座に残った。

十一

手酌で一杯干したところへ、襖障子が滑るように開いた。

鯖屋錠八が少し頬を染めた顔ではいってくる。

「ご挨拶が遅れて申し訳ございませぬ。鯖屋の主人にござります。今宵はようこそ、お越しくださされました」

三つ指をついて顔を持ちあげ、あれっという表情になる。

「お連れの方々は」

「さあな。地獄にでも堕ちたんじゃねえのか」

「えっ」

「まあ、こっちに来て一杯《いっぺ》え注いでくれ」

べらんめえな口調に面食らいつつも、鯖屋は膝行《しっこう》してきた。

そばにあった銚子を取りあげ、忠兵衛の差しだした盃に酒を注ぐ。

「もう、冷めちまっているぜ」

「とんだご無礼を」

「その河豚面《ふぐづら》、みるのは三度目だな。仏の顔も三度って諺《ことわざ》もあるが、残念ながらおれは仏じゃねえ。へへ、この顔をとっくり拝んでみな」

「へえ」

鯖屋は顔を近づけ、腰を抜かしかけた。

「ぶへっ……ちょ、帳尻屋」

「腑《ふ》抜《ぬ》け野郎め、やっとわかったか。三度目はねえと言っておいたはずだぜ」

鯖屋は金縛《かなしば》りにあったように動くことができない。

忠兵衛は袖口から銀煙管を取りだし、火口に火を点けた。

「聖天の秘仏を手に入れるために、いってえ人を何人殺めさせたんだ。秘仏を手に入れれば、子孫七代分のご利益を独り占めできるとでもおもったのか。ふん、性根の腐った阿呆にゃ、似つかわしい末路《まつろ》ってもんがある」

ぷかあっと、紫煙《しえん》が天井に舞いあがる。

鯖屋は身を震わせ、両手を畳についた。

「金はやる。身代ぜんぶくれてやる。命だけは……い、命だけは助けてくれ」

「そういえば、ひとつ聞きてえことがあった。内与力の長岡玄蕃さまにゃ、金を握らせたのか」

こたえによっては、長岡も的《まと》に掛けるつもりでいる。

鯖屋は首を横に振った。

どうやら、お人好しの内与力が鯖屋のはなしを信じこみ、旗本殺しを請けおっただけのようだ。

鯖屋が袖に縋《すが》りついてくる。

「後生だ。勘弁してほしい」

「そいつは無理だな。他人の命は羽毛みてえに軽くあつかい、自分だけは助かりてえって言われても、そうは問屋が卸せねえぜ」

「……ま、待ってくれ」

「待たねえよ」

「ひぇっ」

鯖屋は背を向け、這うように逃げる。

忠兵衛の腕が、追いかけるように伸びた。

左手で襟首《えりくび》を摑み、右手を高々と持ちあげる。

もちろん、右手には鈍色《にびいろ》の銀煙管が握られていた。

「ふん」

脳天めがけ、無造作に振りおろす。

――ずこっ。

骨の砕ける音とともに、鯖屋は畳に俯《うつぶ》した。

「造作もねえ」

忠兵衛は立ちあがり、左近の大小を帯に差す。

部屋から出て廊下に目をやると、忘八の源蔵が欄干《らんかん》に背をもたせかけ、のんびり煙管を燻《くゆ》らしていた。

枝の突きだした落葉松の手前だ。
源蔵が立つ向こう側から、甚斎が千鳥足《ちどりあし》で近づいてくる。
ほかの客はいない。奉公人がやってくる気配もなかった。
的に掛ける源蔵を、ふたりで左右から挟みこんでやる。
忠兵衛はのんびりと歩きつつも、刀の柄《つか》に手を添えた。
殺気を感じたのか、源蔵がさっと身構える。
忠兵衛は柄から手を離し、立ちどまって伸びをした。
「ふわっ」
欠伸《あくび》までしてやると、源蔵は安堵したように力を抜く。
すると、背後に近づいた甚斎が太い二の腕を伸ばした。
「うへっ」
源蔵の襟首を、むんずと摑む。
凄まじい膂力《りょりょく》で、からだごと持ちあげた。
「……は、放せ」
じたばたしても、甚斎は動じない。
つぎの瞬間、落葉松に向かって投げつける。

「ぎゃっ」
源蔵は血を吐いた。
尖《とが》った枝の先端が、喉仏《のどぼとけ》から突きだしている。
投げた勢いで盆《ぼん》の窪《くぼ》に刺さり、一気に喉を貫《つらぬ》いたのだ。
源蔵は眸子を瞠《みは》ったまま、落葉松の枝からぶらさがった。
鮮血は太い幹の鱗《うろこ》を伝い、盛り土に染みこんでいく。
甚斎は着物の襟を直し、何食わぬ顔で歩いていった。
「あとひとり」
忠兵衛は踵を返し、階段を駆けおりる。
用心棒の向かった厠は、中庭を横切った裏口のそばにあった。
左近はとみれば、屋守《やもり》のごとく外の壁に貼りついている。
腰に刀は無い。
ちょうどそこへ、二刀を閂《かんぬき》差《ざ》しにした鷺沼があらわれた。
「おい、こっちだ」
忠兵衛は裾をからげ、ふわりと中庭へ飛びおりる。
鷺沼は立ちどまり、上目遣《うわめづか》いにこちらをみた。

刹那《せつな》、黒い旋風《つむじかぜ》が真横から襲いかかる。
左近だ。
「ぬおっ」
向きなおった鷺沼が、刀を抜きにかかる。
しかし、本身を抜くことはできなかった。
左近の手には、鷺沼の脇差が握られている。
近づいて素早く奪いとり、一刀で急所を裂いたのだ。
意志を失った鷺沼が、厠の壁にもたれかかっている。
役目を終えた左近は、裏木戸から外へ逃れていった。
「ひゃああ」
突如、二階から女の悲鳴が聞こえてくる。
おくうにちがいない。
松の木にぶらさがった源蔵をみつけたのだ。
甚斎が階段から悠然と降りてきた。
「忠の字、帳尻を合わせたな」
ふたりは目配せをし、裏木戸から外へ抜けていく。

空に月はなく、あたりは漆黒の闇に包まれている。

どうやら、返り血を浴びずに済んだらしい。

忠兵衛は、ぶるっと身震いしてみせた。

十二

もうひとつ、殺しとは別の仕掛けを講じた。

翌朝、吉原の大門を守る四郎兵衛会所宛てに文《ふみ》を一通届けさせたのだ。

——京町二丁目藤川のこと、忘八源蔵は京大坂で名を馳せる蝙蝠小僧の首魁との訴えあり。盗品の仏像を妓楼内に隠匿《いんとく》せりしとの由《よし》なれど、公儀の関知せざることなり。廓の仕切りにて事の真偽をあきらかにすべし。

差出人は「北町奉行所内与力　長岡玄蕃」と記しておいた。

そのため、会所の連中は隣の面番所に詰める同心に了解を得るや、押《お》っ取《と》り刀《がたな》で『藤川』へと向かった。

駆けこんでみると、後朝《きぬぎぬ》の別れを交わす客と遊女以外はおらず、見世のなかは静まりかえっていた。遣り手に案内させて奥の「開かずの間」を開けさせると、何とそこには盗品とおぼしき仏像が集められていたのである。

しかも、花車のおくまと手代の弥兵衛が奥の柱に縛りつけられていた。おくまは猿轡《さるぐつわ》をはめられ、弥兵衛は無残《むざん》にも舌を抜かれていたという。

弥兵衛は字を書けぬので、誰にどういった理由で舌を抜かれたのかを説明できなかった。たとい説明できたとしても、閻魔《えんま》の異名をとる四郎兵衛会所の連中は取りあわなかったにちがいない。

おくまは責め苦を受け、源蔵が盗人の首魁であることを吐いた。

当面、小見世の『藤川』は四郎兵衛会所の預かりとなり、いずれは居抜《いぬ》きで売りに出される。それまでは、遊女たちも不安な日々を過ごすしかなかろう。

右の経緯は、すぐさま「だぼ鯊」こと長岡玄蕃にもたらされた。

長岡は鬼の形相で蛙屋を訪れ、忠兵衛の胸倉を摑んだ。

幸い、おぶんは留守にしていた。

「てめえ、余計なことをしてくれたな」

忠兵衛は凄まじい剣幕で怒鳴られたが、事の顚末を嚙んでふくめるように説いてやると、長岡はおとなしく矛《ほこ》をおさめた。

鳩組の仕掛けを仲立ちしたのは、誰あろう、長岡なのだ。

鯖屋の悪事も見抜けず、安易に厄介事を押しつけた責めを負《お》わねばなるまい。

四郎兵衛会所への文は、忠兵衛ができるせめてもの抵抗であった。

「ひとつ、わからねえことがある」

と、長岡は言った。

「花車のおくまが言っていたそうだ。秘仏のなかの秘仏が無くなってしまったとな。そいつはどうやら、鯖屋が喉から手が出るほど欲しがっていた聖天の木像らしい。おめえ、知らねえか」

首を横に振るしかなかった。

それから六日後、今日は月待ちの二十三日だ。

心を込めて願掛《がんか》けをすれば、何でもかなうという。

忠兵衛はひとり、暮れなずむ浄閑寺の境内《けいだい》に佇《たたず》んでいた。

無縁仏を弔う墓石のまえだ。

ほかに参詣する者もいない。

聞こえてくるのは梵鐘《ぼんしょう》の音と、巣に帰る烏《からす》の鳴き声だけだ。

「……南無」

念仏《ねんぶつ》を唱えたところへ、誰かの気配が近づいてくる。

「ご熱心なことで」

振りむけば、老いた住職が立っていた。

忠兵衛は微笑み、囁くように応じてみせる。

「仲間が惚れた遊女の霊を慰《なぐさ》めにめえりやした」

「それはそれは、なかなかできぬことにござります」

「ついでと言っちゃ何ですが、自分の背負《しょ》った罪業《ざいごう》も水に流してもらいてえともいやしてね」

「信心を重ねれば、罪業も軽くなりましょう。仏のまえでは善人も悪人もみな同じ、ひとりの人にござります」

「そうしたもんでしょうか」

「ええ、それが証拠に、愚僧《ぐそう》もむかしは小悪党にござりました」

「まさか」

「そうはみえますまい。信心を重ねたおかげで、今もこうして生きながらえておるのですよ」

忠兵衛は納得しつつ、澄《す》んだ目を向けた。

「ご住職、ひとつお願いしたいことが」

「何でしょうな」

「これを、ご本尊のそばに安置していただけやせんか」

忠兵衛は懐中から、秘仏を一体取りだした。

「おお、それは……」

象頭人身《ぞうとうじんしん》の二体の神が抱き合った仏像だ。

「……大聖歓喜天にござりますな」

「いかにも」

象の片方は十一面観音の化身《けしん》と目され、乱暴な歓喜天を諫《いさ》める様子をあらわしたものとも伝えられている。

「とある事情から、行き所を失っておりやす。市井《しせい》の者が手にすれば、七代先まで祟《たた》られるかもしれねえ。廓の名も無え遊女たちが眠る浄閑寺なら、ご安堵いただけるかもとおもいやしてね」

「かしこまりました」

住職は恭《うやうや》しく手を差しだし、秘仏を受けとった。

忠兵衛は頭《こうべ》を垂れ、無縁仏の墓石に背を向ける。

「これでやっと、帳尻が合ったのかもな」

淋しそうに吐きすて、田圃の一本道をとぼとぼ歩きはじめた。

あぶな絵の女

一

冷たい雨の降りしきるなか、出刃包丁《でばぼうちよう》を握って佇《たたず》む女をみた。

浅草瓦町《かわらまち》、屋根看板に『出島屋《でじまや》』という屋号を掲《かか》げた瓦問屋《かわらどんや》の軒先《のきさき》だ。

女はずぶ濡れになり、蒼白《あおじろ》い顔でぶるぶる震えている。

「おい」

忠兵衛は、道を挟んだ軒下から声を掛けた。

女は気づかない。

呼びかける声は、雨音に掻《か》き消されていた。

黒い濡れ髪が、ぺったり頬《ほお》に貼りついている。

「くそっ」

忠兵衛は雨中へ躍《おど》りだす。

と同時に、女がこちらへ目を向けた。

般若《はんにゃ》のような恐ろしい形相《ぎょうそう》だ。

「あっ」

何処《どこ》かで目にしたことがある。

年は三十のなかば、鼻筋の通った瘦《や》せぎすの女だ。

「おい」

もう一度声を掛けると、女は我に返り、脱兎《だっと》のごとく駆けだした。

「待て」

呼びかけても止まらない。

下駄《げた》の音を残し、闇の向こうへ遠ざかっていく。

泥濘《ぬかる》んだ地べたには、出刃包丁が一本残された。

拾いあげたところへ、店から丁稚小僧《でっちこぞう》が顔を出す。

「ひゃっ」

腰を抜かしかけた。

「勘違《かんちが》えするな、おれじゃねえ」

丁稚小僧を怒鳴りつけ、包丁を逆さにして柄《え》のほうを差しだす。

「こいつを片付けておけ」

偉そうに言いつけ、ついでに案内《あない》を請《こ》うた。

「おれは蛙屋の忠兵衛ってもんだ。佐竹《さたけ》さまのご家中にご紹介いただいてな、こちらを暮《く》れ六《む》つまでに訪ねてみろと言われたんだが、半刻《はんとき》ほど遅れちまった。主人はおいでかい」

丁稚小僧は返事もせずに後ろを向き、土間を走りさった。

「莫迦《ばか》野郎、何を持っていやがる」

奥の勝手で誰かにどやされている。包丁のことで叱《しか》られたのだ。

申し訳ないと胸の裡《うち》で謝りつつ、忠兵衛は濡れた着物を手拭《てぬぐ》いで拭《ふ》き、逃げた女のことをおもった。

店の誰かに恨みでもあるのだろうか。

切羽《せっぱ》詰まった表情から推《お》すと、深い事情があるにちがいない。

だが、こっちには関わりのないことだ。

余計なことは言うまいと、忠兵衛は心に決めた。

上《あ》がり端《ばな》に座って待つと、四十前後の優男《やさおとこ》があらわれた。

黒羽二重《くろはぶたえ》の裾《すそ》をぱんと叩いて座り、上目遣《うわめづか》いに睨《にら》みつけてくる。

一見しただけで、一筋縄《ひとすじなわ》ではいかないと感じさせる相手だ。

「手前が主人の惣吉《そうきち》にございます。失礼ですが」

「蛙屋忠兵衛と申しやす。神田の馬ノ鞍横町でけちな口入屋をやっておりやす。佐竹さまのご家中で山瀬彦九郎《やませひこくろう》さまというお方に、こちらをご紹介いただきやしてね」

「なるほど、山瀬さまの」

「今朝方、うちの看板をご覧になって、ひょっこり訪ねてこられやした」

「看板ですか」

「『御屋敷方人宿請負《おやしきがたひとやどうけおい》』っていう看板でね。へへ、こうみえても、手前はお武家専門の口入屋なんですよ」

「はあ、そうでしたか」

気のない返事をする主人に向かって、忠兵衛は惚《とぼ》けた顔で問うた。

「山瀬さまってのは、どういうご身分のお方なんです」

「おや、それも知らずにやってこられたと仰《おつしや》る」

「何しろ、先方がお急ぎだったもんで、聞きそびれやしてね」

「次席家老西目兵部《にしめひようぶ》さまのご用人頭《ようにんがしら》であられますよ」

「ほう、さいでやしたか」

出島屋は銅瓦《どうがわら》を専門に扱う問屋らしく、佐竹家の屋敷普請《やしきふしん》も請けおっていた。山瀬のおかげで商売をつづけられていると、主人は持ちあげてみせる。

忠兵衛はうなずいた。

「何でも、腕の立つ連中を三人ほど集めてほしいとか。事と次第によってはお手伝いできるかもと」

「たしかに、手が足りないところでした。山瀬さまのご紹介なら、お願い申しあげましょう。明晩亥《い》ノ刻《こく》、亀戸《かめいど》の天神橋《てんじんばし》までお越しいただけますか」

「へえ、そりゃもう。ただ、何をするのか聞いておかねえと」

問うたそばから、ぎろりと睨まれる。

「荷運びの付き添いをお頼み申します。なあに、万が一の備えにすぎませぬ。お強そうなお侍が揃《そろ》っているだけで、夜盗《やとう》もおいそれと襲ってはきますまい。ほんの二刻《ふたとき》ほどのことですし、さほど難しい仕事ではございませぬ」

「あの、運ぶ荷は何なんです」

「さあて、何でしょうね。高麗人参《こうらいにんじん》でも玳瑁《たいまい》でもありませんよ。ふふ、それ以上は聞きっこなし。佐竹さまのお墨付きを得ておりますので、けっしておかしなものではありませぬ」

「そりゃ、まあそうでしょうけど」

「どうかされましたか。この仕事を請けていただければ、ひとりにつき手間賃三両をお支払いしましょう」

「……さ、三両」

「三人集めてもらえれば、しめて九両になります。たった二刻だけ付き添ってくれればよいのです。どうします。断るなら、今しかありませんよ」

手間賃を聞き、断る気は失《う》せた。

そもそも、生業《なりわい》の稼ぎを少しでも増やそうと、冷たい雨のなかを足労したのだ。

「へえ、わかりやした。明晩亥ノ刻きっちりに、亀戸の天神橋へめえりやしょう」

「遅れずにお願いしますよ。では、これを」

そう言って、主人の惣吉は袖口《そでぐち》から小判を取りだす。

床に三枚ゆっくり並べ、にやりと笑ってみせた。

「前金です。お取りください」

「それじゃ、遠慮無く」

小判を摘まんで袖に入れ、忠兵衛は尻を持ちあげた。

惣吉も立ちあがり、奥へ引っこんでしまう。

外に出ると、あいかわらず雨は降りつづいていた。

人の気配に振りむけば、丁稚小僧が立っている。

「あの……」

言いよどみ、下を向いた。

忠兵衛は優しく声を掛ける。

「どうした、おれに用でもあんのか」

「……あ、はい。出刃包丁なんですけど」

「おう、どうした」

「二本目なんです」

「ん」

「昨晩も、軒先に落ちていました」

女は昨晩もやってきたのだ。

忠兵衛は腰を屈《かが》めた。

「んで、そのことを誰かに喋《しゃべ》ったのか」

「番頭さんに、おはなししました」

「何て言われた」

「どうせ嫌がらせだから、放っておけと」

「誰かが嫌がらせを受けるようなことでもしてんのか」

「いいえ、そういうわけじゃ。でも……」

「でも、何だ」

「物乞《ものご》いがしょっちゅうやってきます。門前払いにしてもしつこく顔をみせるので、旦那さまも手を焼いておられました」

「ふうん、ご主人がなあ」

「ひょっとしたら、その物乞いが出刃包丁を捨てていったのではないかと」

丁稚小僧は女をみていないらしい。

忠兵衛は溜息《ためいき》を吐《つ》いた。

「出刃を握っていたのは女だ。物乞いじゃねえ」

「……そ、そうなんですか」

「ああ、奉公人の誰かで女に恨まれてるやつはいねえか」

「いいえ、心当たりはありません」

「そうかい」

ふと、主人のことを聞いてみようとおもった。

「ここの旦那、ひょっとして婿養子《むこようし》か」

「ええ、そう聞いております」

「やっぱしな、何となくそんな予感がしたんだ」

四年前までは、たねという寡婦年増《やもめどしま》が『出島屋』を仕切っていた。そこへ転りこんできたのが惣吉なのだという。素姓《すじょう》は奉公人たちもよく知らないのだが、ともあれ、たねのほうが惚《ほ》れて旦那に迎えたらしい。

当初、奉公人たちは嫌な顔をしていたが、惣吉には商売の才覚があった。店のそばに下屋敷を構えた出羽久保田《でわくぼた》藩佐竹家の重臣に上手《うま》く取り入り、店の台所を何倍にも肥《ふと》らせた。今では文句を言う者もおらず、たねもすっかり惣吉を頼りにしている。

「ようくわかったぜ」

もしかすると、出刃包丁を握った女は惣吉を刺したかったのかもしれない。

重い過去を抱えているのではないかと、忠兵衛は勘ぐった。

たとい、そうだとしても、忠告する義理はない。

商売と割りきってつきあうだけのはなしだ。

丁稚小僧は喋りすぎたとおもったのか、口を貝のように閉じてしまった。

「心配えすんな。人ってのはな、そう簡単に一線を越えられるもんじゃねえ」

何の慰《なぐさ》めにもならぬことを口走り、忠兵衛はくるっと踵《きびす》を返す。

袖の小判をじゃらりと鳴らし、雨も厭《いと》わずに歩きはじめた。

二

翌晩、亥ノ刻。

忠兵衛は腕組みをして、天神橋のたもとに佇んでいる。

連れてきたのは柳左近と戸隠甚斎、それと若い剣客の琴引又四郎《ことびきまたしろう》だ。

又四郎は雲州母里《うんしゅうもり》藩の元藩士で、一年半ほどまえに故郷を捨てて江戸へ出てきた。小柄だが喧嘩《けんか》はめっぽう強く、不傳流《ふでんりゅう》の免状《めんじょう》持ちでもある。腰には津田《つだ》越前守助広《えちぜんのかみすけひろ》の銘刀《めいとう》を帯《お》びているものの、本身を抜こうとしないので「抜かずの又四郎」という不名誉な綽名《あだな》をつけられた。

世間知らずではあるが、得難《えがた》いほどの誠実さと純真さを兼ねそなえており、無邪気な笑顔には癒《い》やされる。それゆえ、忠兵衛は住まいから何から面倒をみてやり、帳尻屋の仲間にもくわえているのだが、如何《いかん》せん、刺客になるには性格が優しすぎた。

「へへ、抜かずの又四郎、久方ぶりのお出ましだ。どうでえ、腰の業物《わざもの》は錆《さ》びちゃいねえか」

甚斎は巨体を近づけ、又四郎をからかう。

「鍔元《つばもと》の封《ふう》じ紙《がみ》は一度破いちまったら、もう二度と結ぶことはできねえ。ひとりでも人を斬ったら、業《ごう》を背負《しょ》いこむことになる。酒を呑《の》んでも、そいつだけは癒やされねえ。あきらめな、おめえさんは人を斬った。もう、後戻りはできねえんだ」

「甚斎、やめろ」

忠兵衛にたしなめられても、藪《やぶ》歯医者は説教をやめない。

左近はといえば、いつものように素知らぬ顔で聞き耳を立てている。

又四郎は膨《ふく》れ面《つら》をつくりながらも、甚斎のはなしを我慢して聞いていた。

「ところで、水茶屋《みずぢゃや》の看板娘とはうまくいってんのか」

赤城《あかぎ》明神《みょうじん》前の水茶屋ではたらく志津《しづ》のことだ。又四郎は非業《ひごう》の死を遂《と》げた元幕臣の娘とひょんなことで知りあい、今では相惚《あいぼ》れの仲になっている。

「所帯を持つのはかまわねえが、帳尻屋から抜けることは許されねえぜ」

甚斎は眸子《まなこ》を血走らせて言った。じつは一膳飯屋《いちぜんめしや》で五合ほど呑み、般若湯《はんにゃとう》を入れた竹筒も空にしている。これ以上放っておけば、又四郎が刀を抜かぬともかぎらないので、忠兵衛は止めにはいった。

そこへ、荷車の軋《きし》みが聞こえてくる。

かつて、銭座《ぜにざ》のあった空地のほうからだ。

身構えていると、人足《にんそく》たちがあらわれた。

荷車は三輛《さんりよう》、人足の数は十五人を超えている。

一団を率《ひき》いているのは、出島屋惣吉にまちがいない。

絹の立派な着物ではなく、黒装束《くろしようぞく》に身を固めている。

「ありゃ、盗人《ぬすっと》の首魁《しゆかい》か」

と、甚斎が冗談半分に尋ねてきた。

たしかに、そうみえなくもない。

荷車には油樽《あぶらだる》が山積みにされ、縄でしっかり縛りつけられていた。

「おう、蛙屋の」

惣吉に呼ばれて、忠兵衛は身を寄せる。

「どうも、出島屋の旦那、お言いつけどおり、三人連れてきやしたぜ」

「ふむ、それじゃお願いしますよ。今から油樽を荷船に移しますから、関わりのない者は近づけぬように」

「承知しやした」

顎《あご》をしゃくった桟橋《さんばし》には、すでに、二艘の荷船が横付けにされていた。

人足たちは要領がわかっているのか、指図されずとも油樽を荷車から降ろし、どんどん船に積みかえていく。

よくみれば、油樽の蓋《ふた》には、五本骨扇《ごほんぼねおうぎ》に月の焼き印が押してあった。

「佐竹家の家紋か」

と、甚斎がつぶやく。

近くの押上村《おしあげむら》に佐竹家の中屋敷があるので、そちらから運んできたのかもしれない。

荷の油樽はすべて、細長い二艘の荷船へ手際よく移しかえられた。

忠兵衛たちは二手に分かれるように命じられ、乗りこむとすぐさま荷船は桟橋を離れた。

暗い川面《かわも》に水脈《みお》を曳《ひ》き、音も起《た》てずにゆったり十間川《じっけんがわ》を滑り、交差する竪川《たてかわ》を突っきって南へまっすぐ進む。さらに、小名木川《おなぎがわ》をも突っきった。そして、十万坪《じゅうまんつぼ》を過ぎたところでようやく右舵《みぎかじ》を切り、崎川橋《さきかわばし》、要橋《かなめばし》、亀久橋《かめひさばし》、正覚寺橋《しょうかくじばし》と通過し、仙台堀《せんだいぼり》が大川へ注ぐ口へ近づいていく。

着いた桟橋には別の人足たちが待っており、油樽をどんどん降ろして運びだす。

人足たちに従《つ》いていくと、佐賀町《さがちょう》の油問屋が所有する船蔵《ふなぐら》へたどりついた。

船蔵は大川に面しており、河岸《かし》には帆船《ほぶね》が繋《つな》がれている。

すでに、油樽がいくつか積まれているなかへ、亀戸から運んできた油樽も積まれていった。

積もうとした樽がひとつ、どぼんと堀川《ほりかわ》へ落ちた。

「莫迦野郎、飛びこんで取ってこい」

惣吉は眸子を吊りあげ、人足の尻を蹴りつける。

「ひぇっ」

水飛沫《みずしぶき》があがり、人足は必死に泳ぎだした。

油樽は桟橋に寄せられ、三人掛かりで回収された。

ほっとしたのもつかのま、樽の蓋が外れてしまう。

転がりでてきたのは、細長くて茶色い延《の》べ棒《ぼう》だった。

銅だなと、忠兵衛は看破《かんぱ》した。

人足たちは焦《あせ》った様子で銅を詰めもどし、樽の蓋をしっかり閉じなおす。

「おめえらは、ここまででいい」

惣吉が身を寄せ、伝法《でんぼう》な口調で言った。

忠兵衛は怪訝《けげん》な顔をする。

「後金の六両だ」

金を差しだされたので、受けとりを拒《こば》んだ。

「受けとれやせんぜ。ここまでの仕事はしていねえ」

「約束だから取っといてくれ。今宵《こよい》は盗人に襲われることもなかったが、また今度があるかもしれぬし」

「いいえ、お気持ちだけでけっこうでやす」

ついでに、前金も返そうかとおもった。

こいつは危うい仕事だと直感したのである。

押し問答をしているところへ、厄介《やっかい》な相手がやってきた。

しかも、陸《おか》ではなく、川のほうからだ。

船首《せんしゅ》にぶらさがったのは、船手奉行《ふなてぶぎょう》の用いる御用提灯《ごようちょうちん》にほかならない。

「ふん、万年橋《まんねんばし》のほうから来やがったな」

惣吉は悪態を吐きつつも、狼狽《うろた》えた様子はない。

黒塗りの陣笠《じんがさ》をかぶった与力《よりき》が、ひとりで桟橋へ降りてきた。

帆船にひらりと飛びのり、帯から抜いた十手《じって》で油樽をとんとん叩く。

わざと耳を近づけ、音を聞くふりなどしてから、帆船から降りて近づいてきた。

人足たちは石地蔵のように動かない。

惣吉だけが愛想笑いを浮かべ、ぺこぺこ頭を下げる。

「こいつはどうも、茂庭《もにわ》さま」

「おう、出島屋惣吉か」

ふたりが知りあいとわかって、忠兵衛も胸を撫《な》でおろした。

「いつもたいへんお世話になっております」

「ああ、そうだな。船手方に茂庭鉄之助《てつのすけ》がおらなんだら、おぬしらは今ごろ土壇《どだん》行きかもしれぬ」

「ご冗談を」

「冗談ではないぞ。樽の中味は何だ」

「言うまでもありませぬ。油にございります」

「油にもいろいろあろう。菜種《なたね》か、それとも鯨《くじら》か」

「菜種にございります」

「菜種のわりには、ちゃぽんと音がせんぞ。佐竹の菜種は音がせんのか」

惣吉は苦笑しながら、陣笠与力のほうへ一歩近づいた。

「茂庭さまもお人がわるい。ひょっとして、茶菓子が足りませぬか」

「わかっておるではないか」

「明日にでも、御屋敷のほうへお持ちいたします」

「ふふ、さればな」

不正をおこなう者と不正を見逃して私腹を肥やす者、海千山千の忠兵衛ならば見抜けぬはずはない。

御用提灯をぶらさげた船は静かに去り、忠兵衛たちは解放された。

前金の三両を取りだし、三人に一両ずつ手渡す。

「儲《もう》けはなしだ。足労代をはずんでやるぜ」

又四郎だけはばつが悪いのか、受けとろうとしない。

「濡れ手で粟《あわ》ってのはこのことだ。遠慮なく取っときゃいい」

甚斎に言われ、渋い顔で受けとる。

「忠の字よ、樽の中味をみたか」

「ちらりとな」

「おれもみた。あれはどう眺《なが》めても、銅瓦じゃねえ。銭にする棹銅《さおどう》だぜ」

「みなかったことにしたほうがいい」

「ああ、そうだな。下手《へた》に突っつきゃ、藪蛇《やぶへび》になる。美味《おい》しいはなしにゃ、かならず裏があるってこと」

「二度目は請けねえ。頭をさげられても、やめておくさ」

「それがいい。君子《くんし》危うきに近寄らずだ」

甚斎はうそぶき、岡場所のある網打場《あみうちば》のほうへ消えていく。

すでに、左近はいない。

ひとり残った又四郎に、忠兵衛は声を掛けた。

「夜明かしの屋台で蕎麦《そば》でもたぐりやすか」

「はい」

仙台堀に沿った道の向こうに、白い湯気をみつけた。

又四郎は、ぐうっと腹の虫を鳴らす。

「へへ、ふんぱつして月見でも食うかな」

つとめて明るく言いつつも、忠兵衛は油樽の中味が気になって仕方ない。出刃包丁を握った女のこともある。出島屋とは関わりを持たねばよかったと、今さらながらに後悔していた。

三

神無月《かんなづき》の五日は初亥《はつのい》、家々では玄猪《げんちょ》を祝って牡丹餅《ぼたもち》を食べ、無病息災《むびょうそくさい》を祈念《きねん》する。

験《げん》を担《かつ》いで炬燵《こたつ》や火鉢を出す者も見受けられたが、いまだ紅葉も見頃のこの時季は火にあたるほどの寒さでもない。小春日和《こはるびより》の今日などは、のどかな気分で町中を散策したくなる。

忠兵衛が又四郎の住む神田旅籠《はたご》町《ちょう》の裏長屋へやってきたのも、特段の用事があったわけではなく、散策のついでに足が向いただけのことだ。

一年半ほどまえに紹介してやった裏長屋は、何処にでもある九尺《くしゃく》二間《にけん》の貧乏長屋だった。

底地人《そこちにん》の白井冬《しらいふゆ》は武家の後家《ごけ》だった人で、麻布《あざぶ》の仙台坂《せんだいざか》に住んでいる。大家を任されているのは、清七《せいしち》という呉服屋の元番頭だ。無類の子ども好きだが、子はいない。つれあいを流行病《はやりやまい》で亡くしてからも後添《のちぞ》いを貰わず、独り身を通している。

そんな清七の逸話から、住人たちは裏長屋に「妻恋店《つまこいだな》」という愛称をつけた。

忠兵衛は木戸門の脇に身を寄せ、自身番《じしんばん》のなかを覗いた。

清七はいない。

表通りに建つ旅籠の差配《さはい》も任されているので、そちらへ行ったのだろう。

朽ちかけた門を潜《くぐ》ると、顔見知りの嬶《かか》ぁたちが会釈《えしゃく》をしてくれた。

洟垂《はなた》れどもが歓声をあげて駆けまわる井戸端《いどばた》には、山積みの着物を洗濯している娘がいる。

名はおみつ、又四郎の隣に住む娘だ。

菜売《なう》りの母を手伝い、洗濯と繕《つくろ》いで生活《たつき》を支えている。

「よう、おみつ、又さんはいるかい」

気楽に声を掛けると、おみつはぎこちなく微笑《ほほえ》んだ。

「赤城明神の門前から、わざわざ志津さまがみえられました。ふたりして紅葉狩《もみじが》りにでも行かれたんだとおもいます」

棘《とげ》のある口調で言ったきり、仏頂面《ぶっちょうづら》で洗濯板に向きあう。

年頃の娘だけに、志津に悋気《りんき》を抱いているのだろう。

又四郎は無骨《ぶこつ》な田舎者だが、腰の低い素直な性質で、いざというとき頼りになるからか、長屋でもたいそう人気がある。好いているのは、大人だけではない。店賃《たなちん》を免除する代わりに読み書きを教えているので、子どもたちからも「お師匠さま」と呼ばれて慕《した》われていた。

仕方なく長屋をあとにし、表通りの旅籠へ向かう。

表通りとは、筋違橋御門《すじかいばしごもん》から下谷広小路《したやひろこうじ》へ繫がる御成街道《おなりかいどう》のことだ。

いつ来ても人通りは多い。

鍵形に曲がる道沿いには二階建ての旅籠が並び、そのなかに『弁天屋《べんてんや》』もあった。

旅籠の持ち主は「妻恋店」と同じ白井冬、清七は商売の才覚と真面目さを買われ、すべての差配を任されている。

敷居をまたごうとして、忠兵衛は足を止めた。

脇道からふいに出てきた女が、目にはいったのだ。

「ん」

ずぶ濡れで出刃包丁を握っていた女に似ている。まちがいない。

声を掛けようとすると、別の道から又四郎と志津がやってきた。

ふたりは女とばったり出会い、親しげに挨拶《あいさつ》を交《か》わす。

女は小走りに去り、又四郎たちは『弁天屋』に消えていった。

忠兵衛は戸惑いつつも気を取りなおし、ふたりにつづいて敷居をまたぐ。

又四郎と志津は清七に招かれ、帳場の横に座っていた。

「又さん」

呼びかけると、清七のほうが反応する。

「おや、おめずらしい。忠兵衛さん、いっしょにお茶でもいかがです」

客の出入りは頻繁《ひんぱん》だが、番頭や手代がしっかりしているので、清七が抜けても影響はなさそうだ。

「どうぞ、こちらへ」

又四郎にも招《しょう》じられ、忠兵衛は雪駄《せった》を脱いだ。

若いふたりと向きあい、満面の笑みを浮かべる。

「仲良く紅葉狩りにでも行ってきたのかい」

「ええ、浅草は竜泉寺町の正燈寺《しょうとうじ》へ行ってまいりました。忠兵衛どのに教わった紅葉寺《もみじでら》ですよ」

「よかったかい」

「そりゃもう」

興奮の醒《さ》めやらぬ又四郎に、忠兵衛は笑いかけた。

「こんどは、王子《おうじ》の金剛寺《こんごうじ》まで足を延ばしてみるといい。金剛寺は切りたった崖《がけ》の上にある。崖に立てば、真紅に彩《いろど》られた急斜面と奈落《ならく》の底に流れる石神井川《しゃくじいがわ》がいっしょに楽しめるぜ」

「行きたい」

弾《はず》むような声をあげたのは、いつもはおとなしい志津だった。

「でもな、お嬢さん。さすがに、王子は遠い。紅葉をのんびり楽しみてえなら、板橋《いたばし》で一泊したほうがいい。何なら、行きつけの宿を教えてやろうか」

忠兵衛が筆を舐《な》めるまねをすると、ふたりは頬を染めて恥ずかしがる。

「へへ、おめえらが紅葉してどうする」

からかってやると、益々、ふたりは赤くなった。

清七は奥へ引っこみ、みずから茶を淹《い》れてくる。

熱い煎茶《せんちゃ》を呑んで落ちついたところで、忠兵衛は本題を切りだした。

「ところで又さん、さっきの女は誰だい。ほら、店先で挨拶を交わした女のことさ」

「千年飴《せんねんあめ》売りのおこうさんですか。妻恋店にもよく顔を出されますよ。手習いの子らが楽しみにしておりましてね」

「千年飴売りか」

忠兵衛はつぶやき、しばらく考えこむ。

おこうという女、妻恋店で見掛けていたのかもしれない。

だから、おぼえていたのだろうか。

「外で顔を合わせれば、挨拶くらいはいたします。されど、関わりはその程度にすぎませぬよ」

志津から誤解されぬように、又四郎は真剣な眼差《まなざ》しで言う。

「そうかい。なら、住んでいるさきも知らねえんだな」

「存じません。でも、どうして」

「いや、いいんだ。別のところで、ちょいと見掛けたものでな」

志津を恐がらせたくないので、包丁を握った女のことは喋らずにおいた。

「おこうというおなごのことなら、少しは知っておりますよ」

横から口を挟んだのは、大家の清七だ。

「佐久間町《さくまちよう》の裏長屋に、父親とふたりで住んでおりましてね。四年前までは浅草のほうで『柊屋《ひいらぎや》』っていう仕出屋《しだしや》をやっていたのですが、拠所《よんどころ》ない事情から包丁人の亭主に逃げられ、仕出屋をたたんじまったんだとか。今は病がちの父親の面倒をみながら、飴を売って生活を立てていると聞きました」

よほど柊に縁が深いのか、今住んでいる長屋も、門脇に柊が植わっているという。

それにしても、哀れなはなしだ。

ふと、包丁を握った般若の形相がおもいだされる。

「まだ二十四、五のはずですが、そうはみえません。いっときは小町娘と騒がれたほどの縹緻好《きりようよ》しでしたがね、苦労を重ねればあんなふうに、人は見る影もなくなる。仕方のないことですけど」

誰彼ともなく、溜息が漏れた。

訪ねても詮無《せんな》いことかもしれぬが、忠兵衛はおこうを訪ねてみようとおもった。

四

翌早朝。

三味線堀《しゃみせんぼり》の轉軫橋《てんじんばし》寄りに、うらぶれた町人の屍骸《むくろ》があがった。

岡っ引きの辰吉から聞いたのだ。

「ほとけの名は磯波舟一《いそなみしゅういち》、ちょっと前までは佐竹さまんとこの御用絵師《ごようえし》だったらしい。忠兵衛、おめえ、秋田蘭画《あきたらんが》ってのは知ってっか」

西洋画の技法をまねて描かれた秋田蘭画は、目にしたままの風景や花鳥《かちょう》を描いた画として評判になり、好事家《こうずか》のあいだでも高値で取引されている。

そうした画のあることは知っていても、お目に掛かったことはない。

「どうせ、お殿さまの手慰《てなぐさ》みでござんしょう」

「まあな」

秋田蘭画が評判になった理由のひとつは、佐竹家当主の義敦《よしあつ》公みずから見事な画を描くことにある。藩政はそっちのけで画業に没頭《ぼっとう》するほどの入れ込みようで、亡くなった藩士の小田野直武《おだのなおたけ》とともに『画法綱領《がほうこうりょう》』や『画図理解』などといった西洋画の手引書まで著《あら》わしていた。

小田野直武といえば、平賀源内《ひらがげんない》に頼まれて杉田玄白《すぎたげんぱく》らの邦訳した『解体新書《かいたいしんしょ》』に作画をおこなった人物である。秋田蘭画の流行には翳《かげ》りがあるものの、義敦公のもとには蘭画の技法を学ぶために今も多くの絵師が集まってくるという。

「ほとけもたぶん、そうした絵師のひとりだったにちげえねえ。でもな、ほかの弟子たちとちがうのは浮世絵師《うきよえし》だってことさ。しかも、あぶな絵で糊口《ここう》を凌《しの》いでいた時期が長かったらしいぜ」

「ふうん、あぶな絵ねえ」

「売れねえ絵師なら、誰でもやっていることさ。お上にみつかりゃ手鎖《てぐさり》になるがな、生きていくためなら仕方ねえ」

磯波舟一は運良く力量をみとめられ、佐竹家の御用絵師として仕《つか》えることとなった。が、すぐに放逐《ほうちく》される。おおかた、仲間からあぶな絵を描いていた過去の行状《ぎょうじょう》を密告されるなどして、せっかく摑《つか》んだ地位を失ってしまったのだろう。

辰吉はそんなふうに邪推《じゃすい》してみせ、鼻の下の黒子《ほくろ》を撫でながら声を落とす。

「こいつは殺しだ。ほとけの胸には、出刃包丁が深々と刺さっていやがった」

「えっ、出刃包丁が」

驚く忠兵衛を、辰吉は不思議そうにみつめた。

「どうかしたのか」

「いいえ、別に」

出刃包丁が雨に濡れたおこうのすがたと結びつき、心中穏やかではなくなった。

辰吉は喜々としてたたみかける。

「浅草の瓦町に『出島屋』っていう瓦問屋がある。舟一は何でか知らねえが店先をしょっちゅう彷徨《うろつ》き、金を無心しようとしていたらしい」

丁稚小僧から聞いた「物乞いがしょっちゅうやってきます」という苦情をおもいだす。しつこく顔を出すので、主人の惣吉も手を焼いていた。「物乞い」は殺された絵師なのではないかと、忠兵衛は見当をつけた。

「それでな」

と、辰吉はつづける。

「『出島屋』の主人が証言したのよ。絵師を刺した下手人《げしゅにん》に心当たりがあるってな」

忠兵衛が眉《まゆ》に唾《つば》を付けても、独りよがりな岡っ引きは気にしない。

「飴売りの女だそうだ。名はわからねえ。佐久間町界隈《かいわい》に住んでいて、千年飴を売りあるいている。その女が出刃包丁を握って、轉軫橋の上にぼうっと幽霊みてえに立っていた。夜更《よふ》けだぜ。出島屋は宴席から帰《け》える途中で見掛けたらしい。宿駕籠《しゅくかご》の駕籠かきも女をみている。裏は取ったから、まちがいねえ」

ごくっと、忠兵衛は生唾《なまつば》を呑んだ。

橋の上に立っていた女がおこうである公算は大きい。

だとすれば、今日明日じゅうにも捕り方にみつけられるにちがいない。

縄を打たれて大番屋《おおばんや》行きになったら、戻ってくるのは容易でなかろう。吟味方《ぎんみかた》から責め苦を受けて口書《くちがき》を強要されれば、十中八九、罪をみとめてしまう。

女であれば、なおさらだ。濡《ぬ》れ衣《ぎぬ》を着せられるとわかっても、生きる希望を失ってみずから死を選ぶ者は少なくない。

辰吉が去ってすぐさま、忠兵衛は尻を持ちあげた。

近所に出掛けているおぶんに「夕餉《ゆうげ》までに帰る」と文《ふみ》を残し、店から出て神田《かんだ》川《がわ》のほうへ向かったのだ。

行く先は和泉橋《いずみばし》を渡った向こうの佐久間町。材木問屋が軒を並べる町は火事に見舞われることが多かったので、皮肉を込めて「悪魔町《あくまちょう》」などと呼ばれてきた。
二丁目と三丁目の狭間《はざま》に露地があり、そのさきに裏長屋が何棟《なんむね》か集まってい
る。清七に言われたとおりに露地裏を進むと、なるほど、門脇に柊が白い花を咲
かせた長屋があった。
「ここだな」
飴売りのおこうが父親の甚兵衛《じんべえ》と住む長屋だ。
柊は葉に棘の無い老木で、何十年もまえから同じところに根をおろしているも
のとおもわれた。同じように、裏長屋も古めかしい。住人たちも古くから住んで
いる者が多そうだった。
焼《や》き芋《いも》を売る木戸番《きどばん》の親爺《おやじ》に尋ねてみると、飴売り父娘の住む部屋は肥溜《こえだめ》の臭《にお》
いがする一番奥にあった。
どぶ板を踏みしめて進めば、腰高障子《こしだかしょうじ》に「千年飴」と墨書《すみが》きされている。
鼻面《はなづら》を寄せて呼吸をととのえ、戸越しに声を掛けた。
「ごめんよ。おこうさんはいるかい」
戸を開けた途端、饐《す》えた臭いに鼻をつかれる。
父親らしき老人が夜具《やぐ》にくるまり、こちらに背を向けたまま横たわっていた。

「甚兵衛さん、おれは口入屋の忠兵衛ってもんだ」

返事はない。

冷たくなっているのではないかと疑った。

「こほっ」

空咳《からせき》が聞こえたので、ほっとする。

「すまねえが、起きてくれ。おこうさんの命に関わるはなしだ」

ことばに力を込めると、父親はのっそり身を起こす。

振りむいた顔は灰色で、やけに骨張っていた。

五分月代《ごぶさかやき》も無精《ぶしょう》髭《ひげ》も白く、目には脂《やに》が詰まっている。

「口入屋が何の用だ。おこうなら稼ぎに出ている。ここにはおらぬわ」

口調はしっかりしているが、声は弱った烏《からす》のように嗄《しゃが》れていた。

忠兵衛は部屋を眺めまわし、隅っこに置かれた鏡台に目を留める。

おこうは毎日、窶《やつ》れた自分の顔を鏡に映《うつ》し、溜息を吐いているのだろう。

「おい、何とか言え」

甚兵衛の声で我に返った。

「磯波舟一っていう絵師は知ってるかい」

「ああ。やつは絵師なんかじゃねえ。呑んだくれの腐《くさ》れ外道《げどう》だ」

「その腐れ外道がおっ死《ち》んだ。出刃包丁で胸をぐっさり刺されてな」

「げっ」

甚兵衛は口をあんぐり開け、ことばを失ってしまう。

知らなかったのはあきらかだ。

その反応をみただけで、おこうの嫌疑《けんぎ》は半分晴れた。

昨夜も今日も父と娘は会っている。人を刺した女が平気な顔で商《あきな》いに出られるはずはない。

「それでな、おめえさんの娘に殺しの疑いが掛かるかもしれねえ。それを伝えにきたのさ」

「……ま、待ってくれ。おこうが舟一を刺したとでも言うのか。あり得ぬ。そんなことはぜったいにあり得ぬ」

「おれだって、そうおもいてえ。でもな、阿呆《あほう》な捕り方どものやり口はちがう。疑いのあるやつはしょっ引いて、有無を言わせずに大番屋へ連れていく。事と次第によっちゃ責め苦を与え、無理矢理、口書を書かせて一件落着。やつら、濡れ衣を着せることなんざ、朝飯前なんだぜ」

「あんた、何が望みだ。どうして、おこうの肩を持とうとする」

「みちまったのさ。おめえさんの娘が冷てえ雨んなか、出刃包丁を握って佇んでいるのをな」

忠兵衛は『出島屋』の軒先でみた光景を語って聞かせた。

甚兵衛は驚きつつも、必死に冷静さを取りもどそうとする。

「出島屋惣吉は悪党だ。できれば、この手で殺してやりてえ」

「おいおい、穏やかじゃねえな。差しつかえなけりゃ、事情を聞かせてくれねえか」

甚兵衛は、がっくり肩を落とす。

「惣吉はおこうの亭主だった」

生気の無い顔で、そう言った。

忠兵衛は耳を疑いつつも、余計な口は挟まない。

「もとは渡りの包丁人でな、おこうに岡惚《おかぼ》れしやがったのさ」

四年前まで、甚兵衛は浅草で『柊屋』という仕出屋を営んでいた。武家や商家を客に持ち、けっこう繁盛していたらしい。女房を早くに亡くし、男手ひとつで育てた一人娘のおこうは小町娘と評判の縹緻好しで、すでに、素姓のたしかな相手を入り婿にすることも決まっていた。

「ところが、惣吉のやつがことば巧《たく》みに誘いこみ、おこうを手込めにしやがった。一度からだを許しちまった以上、後戻りはできねえ。若えふたりのことだ。おこうもその気になっちまってな、仕方なく惣吉を婿に迎えることにした。それが過《あやま》ちのはじまりさ」

所帯を持って三月《みつき》もしないうちに、惣吉は馬脚《ばきゃく》をあらわした。悪党の性根をさらけだし、仲のよい舟一ともども、おこうに酷《ひど》い仕打ちをしたのだ。

「いったい何を」

「すまねえが、そいつだけは言いたくねえ」

悄気返《しょげかえ》った甚兵衛の様子をみると、無理《むり》強《じ》いするのは気が引ける。

「わかったよ。ともかく、捕り方がここに来たら、死んだふりをしたほうがいい。娘はおれがきっと捜しだし、匿《かくま》ってやる」

「おめえさんが」

「ああ、娘に濡れ衣を着せようとする下手人に引導《いんどう》を渡してやるよ」

「……い、引導を。あんたはいったい、何者なんだ」

「悪党が許せねえ、ただのお節介焼きだよ。甚兵衛さん、おれはな、帳尻の合わねえことが大嫌《でえきれ》えなんだ」

どうして、おこうを救いたくなったのか、自分でもよくわからない。

ただ、善人を奈落の底に突きおとすやり方だけは、どうしても許すことができなかった。

五

飴売りの立ちまわるさきは広範囲におよぶが、みつけられないことはないと高《たか》をくっていた。

肝心なのは、捕り方よりもさきにみつけだすことだ。

ひとりでは無理なので、忠兵衛は仲間に声を掛けた。

神田花房町の陰間茶屋《かげまぢゃや》を訪ね、叔父《おじ》の与志に助っ人を頼んだ。

「忠さんの頼みなら聞くのはやぶさかじゃないけど、ひとつだけ条件があるよ」

与志はそう言い、童女のように顔を赤らめた。

近いうちに、左近を誘って宴《うたげ》を催《もよお》してほしいという。

左近に惚れているのだ。

「冗談は顔だけにしろ」

と笑ったが、どうやら本気らしい。

ともあれ、与志の声掛けで陰間たちが動いてくれることになった。

おこうの顔を知る又四郎にも声を掛け、清七にも『弁天屋』でそれとなく情報を集めてくれるように頼んだ。冷静に考えれば、佐久間町の裏長屋で商いから帰るのを待てばよいだけのはなしだが、おこうは戻ってこないような気がしていた。

絵師の死と自分への疑いを、おこうはきっと何処かで知るはずだ。

知れば、捕り方の目がある父親のもとへは戻らず、ひとまずは何処かへ逃げようとするに決まっている。

夕暮れになり、忠兵衛は念のため佐久間町の裏長屋へ足を運んでみた。

おもったとおり、おこうは戻ってこなかった。

それどころか、裏長屋は目つきの鋭い連中に見張られていた。

すでに、おこうの素姓は捕り方にばれているのだ。

焦る気持ちを抑えかね、連絡《つなぎ》先に定めた陰間茶屋の『菊よし』を訪ねた。

「忠さん、待ってたよ」

与志が興奮の面持《おもも》ちで出迎える。

又四郎も先刻から顔をみせていた。

「みつかったのか」

忠兵衛が身を乗りだすと、与志は首を横に振った。

「そうじゃないんだけど、隠れているかもってところをみつけたのさ」

「何処だ」

「不忍池《しのばずのいけ》の出合茶屋《であいぢやや》だよ」

「近えな」

「行ってみるかい」

「あたりめえだ」

陰間のひとりが、お万《まん》が飴売《あめう》りから聞いたはなしだった。

男が女に化けて飴を売る。それがお万が飴売りだ。その飴売りは緞帳《どんちよう》役者を生業にしており、追っかけの町娘を誘って朝っぱらから出合茶屋にしけこんでいた。茶屋から出てきたところで、おこうらしき千年飴売りの女を見掛けたのだという。

不忍池は下谷御成街道を進んださきにある。

与志と又四郎を引きつれ、三人で向かった。

下谷広小路を突っきり、寛永寺《かんえいじ》の山門へ通じる三橋《みはし》の手前を左手に曲がる。

不忍池を右手にみて池之端仲町《いけのはたなかちょう》を歩き、薄暗い露地へと踏みこんでいった。

戯《ざ》れ句《く》にも「不忍の茶屋で忍んだことをする」とあるように、喧噪《けんそう》とは無縁のところだ。

「飴売りの来るところじゃねえな」

人影はみあたらないが、安普請《やすぶしん》の建物から蠢《うごめ》く男女の気配を感じる。

「きっと、このあたりだねえ」

与志に導かれて彷徨いてみると、番小屋《ばんごや》をみつけた。

「忠さん、出合茶屋の仕切りを任されている庄次郎《しょうじろう》はご存じかい」

「竹輪《ちくわ》みてえな口をした親爺だろう。顔だけは知っているぜ」

「その竹輪がね、時折、あたしの見世《みせ》へ顔を出すのさ。若衆髷《わかしゅまげ》の可愛いのを呼んでこいってね」

「ふうん、そっちの気《け》があんのか」

「いけ好かない親爺だけど、こうなりゃ背に腹はかえられない」

「はなしを聞いてくれんのかい」

「だからこうして足労したんじゃないか」

「頼りにしているぜ、叔父貴」

「やめとくれ。こんなときだけ持ちあげんのは」

ふたりの掛けあいを、又四郎は惚《ほう》けた顔で聞いている。

与志を先頭に立て、三人は番小屋を訪ねた。

胡麻塩頭《ごましおあたま》の親爺が、所在なさげに煙管《きせる》を燻《くゆ》らせている。

「ごめんなさいよ。庄次郎さん、花房町の与志だよ。ほら、お忘れかい。『菊よし』の与志ですよ」

庄次郎は重そうな瞼《まぶた》を持ちあげ、ちらりとこちらをみる。

ふん、竹輪みてえな口しやがってと内心ではおもっても、忠兵衛はけっして顔に出さない。

与志はつづけた。

「こっちは忠兵衛、そうはみえないだろうけど、あたしの甥《おい》っ子でね、馬ノ鞍横町で口入屋をやってんのさ」

喋りかけても、庄次郎はつまらなそうに紫煙《しえん》を吐くだけだ。

が、後ろに控える又四郎をみて、どうしたわけか、態度をころりと変えた。

「そっちの若えのは陰間か」

ふっと、与志は笑う。

「あちらは手習いのお師匠さんでね、琴引又四郎さまだよ。気に入ったのかい。だろうとおもった。可愛いものね」

又四郎は流し目を送られ、俯《うつむ》いてしまう。

与志は笑った。

「残念だけど、その気《け》はないよ。何なら、あたしが三座《さんざ》の女形に掛けあって、一押しの若衆髷を連れてきてあげる。こっちの知りたいことに、ちゃんとこたえてくれたらね」

庄次郎は大量の紫煙を吐いた。

「しけた陰間にしちゃ、めずらしいことを抜かすじゃねえか。それで、何が知りてえんだ」

「おこうっていう千年飴売りのことさ」

おこうの名を耳にするや、庄次郎は顔色を変えた。

知っているのだ。脅《おど》しつけて吐かせてもいいと、忠兵衛は考えた。

「おこうの何が知りてえんだ」

「何でもさ。ひょっとしたら、あんたが匿っているんじゃないかとおもってね」

「冗談じゃねえ。何でおれが、そんな面倒なまねをしなくちゃならねえんだ。危ねえ橋を渡らせられんのは、もう懲《こ》り懲《ご》りだぜ。謝礼をはずんでもらっても、できねえもんはできねえ」

それだけ一気に喋ると、庄次郎は頰被《ほおかぶ》りを決めこんでしまう。

忠兵衛が目配せをすると、与志はうなずいて身を寄せた。

「庄次郎さん、勘違いしちゃ困るよ。あたしは面倒事を頼むつもりなんざ、これっぽっちもないんだ。さっき危ない橋を渡ったって言ったろう。それが何なのか、ちょいと教えちゃもらえないかい」

「嫌なこった」

「そうかい。喋ってくれないなら、金輪際《こんりんざい》、あたしの見世には出入御免《でいりごめん》だよ。いいや、あたしんところだけじゃない。花房町の陰間茶屋は、ぜんぶ出入御免にしてやる。それくらいのことは朝飯前なんだからね、菊よしの与志を舐めんじゃないよ」

「勘弁しろ」

「だったら、喋るんだね」

裾を捲《まく》って凄む陰間を制し、忠兵衛が袖口から一分金《いちぶきん》を二枚取りだした。

「舌が滑《なめ》らかになる薬だよ」

そう言いながら一分金を猫板に並べると、庄次郎はごくっと唾を呑みこむ。

やおら立ちあがって奥の箪笥《たんす》に向かい、一番下の抽斗《ひきだし》を開けて何かを取りだした。

だいじそうに携《たずさ》えてきたのは、細長い桐《きり》の木箱だ。

蓋を外すと、一枚の絵が懐紙《かいし》に包んである。

「驚くなよ」

庄次郎が懐紙を開くや、三人はことばを失った。

「……あ、あぶな絵じゃないか」

と、与志がつぶやく。

浮世絵とは技法がちがい、人や調度《ちょうど》が隅々まで精巧に描かれていた。

もちろん、出合茶屋の秘め事であることはすぐにわかる。驚くべきことに、白い肌の女を抱くのは侍でも町人でもなく、毛むくじゃらの大男にほかならない。

「……こ、紅毛人《こうもうじん》か」

今度は、忠兵衛が吐きすてた。

「女の顔をようくみてみな」

庄次郎に促《うなが》され、又四郎が「あっ」と声をあげる。

すでに、忠兵衛はわかっていた。

蘭国《らんこく》の紅毛人を相手にあられもない姿態《したい》を晒《さら》しているのは、おこうにまちがいないのだ。

「四年前のはなしだがな、昨日のことのようにおぼえているぜ。惣吉っていう仕出屋の若旦那が部屋を貸してほしいと頼んできた。どうせ、そこいらで誑《たら》しこんだ町娘でも連れこむ気だろうと高をくくってな、気軽に諾《だく》してやったのが百年目、とんでもねえことになりやがった」

約束の晩、惣吉が連れてきたのは、若女房のおこうだった。

少しあとに侍がふたりあらわれ、紅毛人と絵師を連れてきたのだという。

「つまりは、そういうことさ。侍たちが紅毛人に女を抱かせ、濡れ場を絵に描いて楽しむって寸法だ。そんなの聞いてねえと拒んでも後の祭り、侍に白刃《はくじん》を翳《かざ》されりゃ黙るしかねえ」

真夜中から朝方にかけて、二刻ほどで事は済んだ。

「一回こっきりじゃねえ。味をしめた連中は半月で三度も部屋を借りにきた」

口止料代わりに、絵師から絵を一枚貰いうけたのだという。

忠兵衛は水瓶《みずがめ》から水を汲《く》んで呑み、庄次郎に問いかけた。

「仕出屋の惣吉が瓦問屋の主人におさまったのは知ってるかい」

「ああ、噂《うわさ》にゃ聞いた。上手くやったなっておもったさ。紅毛人に女房をあてがい、侍えどもに顔を売ったにちげえねえ。おれは見抜いていたぜ。惣吉ってのが生まれついての悪党だってことをな。命を失いたかねえから、今の今まで黙っていたのさ」

「はなしてすっきりしたかい」

「ああ、おかげさんでな。ついでにと言っちゃなんだが、惣吉の女房は人身御供《ひとみごくう》にされたあとで孕《はら》んじまったらしいぜ」

「えっ、ほんとうか」

「もちろん、紅毛人の子かどうかはわからねえ。でもな、惣吉のやつが女房の腹を蹴って子を死なせたって噂だ。仕出屋の奉公人から聞いたはなしだから、嘘《うそ》じゃあるめえ。そのあと仕出屋は潰《つぶ》れ、おこうは何処かに消えた。死んじまったんだろうなって、おれは秘《ひそ》かにおもっていたんだ」

それからしばらく経《た》ってから、惣吉が瓦問屋の主人におさまったのを知ったという。

「孕んだ女房の腹を蹴るなんてな。地獄の獄卒《ごくそつ》でも、そこまで酷《ひで》えことはしねえぜ。惣吉ってやつは生きてちゃいけねえ野郎だって、おれは今でもそうおもっている」

与志は聞きたくないのか、自分の手で耳を覆《おお》っている。

忠兵衛も耳をふさぎたくなった。

腹の底から怒りが込みあげてくる。

しかし、今はおこうをみつけだすのが先決だ。

番小屋から飛びだすと、露地裏は一寸先もみえないほどの闇に包まれていた。

六

おこうが捕まった。

市中を当《あ》て所《ど》も無く徘徊《はいかい》しているところをみつけられ、縄を打たれたらしい。

「くそっ」

臍《ほぞ》を噛《か》んでも後の祭りだ。

翌朝、得意げな顔で報《しら》せにきたのは、蝮《まむし》の辰吉だった。

「性根の据《す》わった女だぜ。大番屋に繋がれても、涙ひとつ零《こぼ》さねえ。吟味方の旦那がみえても、身に覚えがねえの一点張りさ」

　だが、酷い責め苦には耐えられまい。

「十露盤板《そろばんいた》に正座させられ、膝《ひざ》に伊豆石《いずいし》をふたつも積めば、自分が殺《や》ったと白状するだろうさ」

　口書さえ取れれば、五日と経たずに沙汰《さた》は下される。

　まちがいなく斬首《ざんしゅ》になるだろうと、岡っ引きの小悪党は先読みしてみせた。

　そうさせないためには、できるだけのことをしておかねばならない。

　真の下手人を捜しあてるべく、忠兵衛は瓦町の『出島屋』を訪ねた。

　軒先へひょっこり顔を出したのは、先日の丁稚小僧だ。

「おめえか、ご主人はおいでかい」

「留守にしておりますけど」

「帰りはいつだ」

「夜遅くなるとおもいます」

　行き先を聞いても、丁稚小僧は首をかしげる。

　仕方なく踵を返すと、背中に声が掛かった。

「あの……」

振りかえれば、小僧が何か言いたそうな顔をしている。

「どうした。ここで喋り辛《づれ》えなら、そっちへ行くか」

忠兵衛は気を利かせ、外の暗がりに誘ってやった。

さきに隠れていると、小さな人影が近づいてくる。

「ここなら、ほかの連中の目を気にすることもねえ」

「はい」

「おめえ、名は」

優しく尋ねると、丁稚小僧は「太一《たいち》です」とこたえた。

「そうか、太一か。んで、はなしてえことってのは何だ」

「みちまったんです。一昨日《おととい》の火灯《ひとも》し頃《ころ》、出刃包丁を握った女の人が、ちょうどこのあたりに隠れておりました」

主人の惣吉は用事から戻ったところで、太一はいつもどおり提灯を手にして迎えに出た。

「旦那さまが駕籠から降りたそのとき、出刃包丁を握った女の人が頭から突っこんできたんです」

驚いた惣吉は腰を抜かし、肘《ひじ》に掠《かす》り傷《きず》を負《お》った。

女は出刃包丁を捨て、風のように走り去ったという。

「主人は何か言ったか」

「『あの糞女め』と吐きすて、出刃包丁をご自分で拾われました」

「主人は女のことを知っていたのだな」

「はい、ご存じのご様子でした」

太一は喋りきり、ほっと胸を撫でおろす。

忠兵衛はうなずいた。

「よく教えてくれたな。礼を言うぜ」

「出刃包丁を渡していただいたお方なので」

太一は俯き、涙ぐむ。

忠兵衛は中腰になった。

「ひょっとして、おめえ、絵師が殺されたことを知ってんのか」

「はい。殺されたお人は、何度も店にやってきた物乞いでした。まちがいありません、番頭さんもそう仰っていましたから」

「やっぱしな」

出刃包丁が屍骸の胸に刺さっていたことも知り、太一は恐くなったのだ。

「女の人が下手人だって、番頭さんたちは噂しております。でも、ちがうんじゃないかって」

「どうして、そうおもう」

忠兵衛に促され、丁稚小僧は声を震わせた。

「女の人が捨てた出刃包丁を、旦那さまはご自分でお持ちになりました。処分をご命じになるのかとおもったら、懐中に入れちまったんです。そのことを知っているのは、手前だけなんです」

太一は主人の惣吉が絵師を刺したのではないかと疑っているのだ。

十中八九、まちがいあるまい。

惣吉は絵師の磯波舟一に金を無心されていた。

おおかた、あぶな絵の秘密をお上にばらすとか言われ、いくらかの金を秘かに渡していたのだろう。

ところが、金を使い果たせば、舟一は何度もやってくる。

惣吉は鬱陶《うっとう》しくなり、亡き者にしようと考えた。

ちょうどそこへ、出刃包丁を握ったおこうがあらわれたのだ。

舟一殺しの濡れ衣をおこうに着せれば、邪魔者をまとめてこの世から消すことができる。ついでに、みずからの穢《けが》らわしい過去も葬《ほうむ》ってしまおうと、惣吉はおそらく考えたにちがいない。

忠兵衛は屈み、しくしく泣きだした太一の頭を撫でてやった。

「もう泣くな。おめえは男だろう」

太一は目を擦《こす》り、洟水《はなみず》を啜《すす》る。

「勇気を出して、よく喋ってくれた。でもな、いいか、このことは誰にも喋っちゃならねえ。苦しいだろうが、数日の辛抱だ。何かあったら、馬ノ鞍横町の蛙屋へ来い。悪いようにゃしねえ」

太一のおかげで、絵師殺しの筋書きは大まかに描くことができた。

「丁稚小僧の爪の垢《あか》でも煎《せん》じて呑むっきゃねえな」

忠兵衛は意を決し、その足で呉服橋《ごふくばし》の北町奉行所へ向かった。

駄目元で「だぼ鯊《はぜ》」に面会を求めたのだ。

借りなどつくりたくはないが、おこうを救うためには些末《さまつ》な矜持《きょうじ》を捨て、内与力を頼るしかない。

鯖屋の一件では貸しもある。

おそらく、そのこともあったのだろう。

だぼ鯊は小者を介して「会うには会う」という返答を寄こした。

七

夜、忠兵衛は指定された湯島天神下《ゆしまてんじんした》の軍鶏鍋屋《しゃもなべや》へ向かった。

男坂《おとこざか》を下りて、根津《ねづ》のほうへ向かったさきにある。

紺暖簾《こんのれん》に軍鶏の絵が白く染めぬかれた汚い見世だ。

戌《いぬ》の五つより手前だというのに、足を踏みいれると客はあまりおらず、すでに、だぼ鯊は先着していた。

衝立《ついたて》を引きまわした床几《しょうぎ》の奥に座り、じっと鍋が煮えるのを待っている。

湯気の舞うなかへ顔を差しだすと、ぎょろ目で睨みつけてきた。

「遅えぞ、忠兵衛。おれは気が短えんだ。ほら、軍鶏が煮えた。食え」

「へっ」

有無を言わせず肉を小鉢《こばち》によそわれ、鼻先に突きだされる。

忠兵衛は熱々の固い肉に齧《かじ》りつき、口をはふはふさせた。

味なんぞ、わからない。

冷や酒で口のなかを冷まし、肉を丸呑みにする。

だぼ鯊もむしゃむしゃ軍鶏肉を咀嚼《そしゃく》し、酒をぐびぐび流しこんだ。

「おめえのはなしは、酔わなきゃ聞けねえ。絵師殺しがどうしたって」

「おこうっていう女のことです。今ごろは大番屋で、吟味方の旦那から責められているにちげえねえ」

「だろうなあ。女ひとり落とせねえようじゃ、捕り方の名折れだ。町方の面目も保てねえ。生爪《なまづめ》ぜんぶ剝《は》がしてでも、絵師殺しを白状させるだろうぜ」

「濡れ衣でござんすよ」

「ふん、言いきったな。口入屋の分際で、お上に意見しようってのか」

「おこうは、嵌《は》められたんです。嵌めた野郎の名を、お教えしたかったんですよ」

「聞きたかねえな。聞いたところで、内与力のおれにゃどうすることもできねえ」

「都合のわるいことにゃ聞く耳を持たずってやつですかい」

「へへ、たいそうな口の利きようじゃねえか。いつから、そんなに偉くなったんだ」

だぼ鯊は箸先《はしさき》を煮汁に浸《ひた》し、ぴんと汁を飛ばしてきた。

髪を濡らされて腹が立っても、ぐっと怺《こら》えるしかない。

「責め苦といえば、むかしをおもいださねえか」

今から七年前、忠兵衛はみずから捕まり、厳しい責め苦を受けた。

笞《むち》を握っていたのは、ほかでもない、厳《いか》つい顔のだぼ鯊だ。

「背中の皮が破れても、おめえは弱音を吐かなかった」

十露盤板に正座させられ、重い伊豆石を何枚も抱かされた。海老《えび》のような格好で縛られたあと、牢問《ろうど》いでは禁じられている逆さ吊りにもされた。気を失えば足下に据えられた水桶《みずおけ》に沈められ、息を吹き返せばまた吊りあげられた。

「縄を掛けた滑車《かっしゃ》が軋む音は、今も耳から離れやせんぜ」

「ああ、そうだろうよ」

死なせてほしいとおもったし、何度も舌を嚙もうとこころみた。

そのたびに絶妙な間合いで、だぼ鯊が「お望みなら、楽にしてやってもいい」と囁《ささや》いてくるのだ。

生きぬくことが唯一の抵抗だった。

忠兵衛は歯を食いしばり、厳しい責め苦に耐えつづけた。

「おめえは義賊なんぞと粋がっていたが、おれに言わせりゃ死んで当然の盗人だった。盗んだお宝の在処《ありか》を吐かせたら、もちろん、土壇に送るつもりでいたんだ。でもな、おめえは自分で捕まりにきた。弟分の仙次を救うためにな。どうせ、すぐに音《ね》をあげるにちげえねえとおもったが、おめえは責め苦に耐えぬいた。おれはおめえに俠気《おとこぎ》をみたのさ。だから、救ってやった。密偵《いぬ》になる条件でな」

「密偵になったおぼえは、これっぽっちもありやせんぜ。この七年というもの、表沙汰《おもてざた》にできねえ厄介事をいくつも解決してきたはずだ」

「今度は自慢か。おめえがのうのうと生きてられんのは、誰のおかげだとおもってんだ。ふん、まあいい。鯖屋の一件もあることだしな。女を嵌めた野郎ってのは、何処のどいつだ」

　忠兵衛はすかさず、だぼ鯊の盃《さかずき》に酒を注いでやる。

「浅草の瓦町で瓦問屋をやっている出島屋惣吉って男です」

「出島屋、知らねえなあ」

「油樽に銅を隠して、秘かに運んでおりやす」

「ふうん、そいつはちと聞き捨てならねえな」

「出島屋は銅瓦を扱っておりやすが、運んでいるのは瓦じゃありやせん。銭にする棹銅なんで。つるんでいる相手は、たぶん、佐竹家の連中だとおもいやす」

だぼ鯊は盃を持つ手を止め、ぎょろ目を剝《む》いてみせる。

「佐竹さまがからんでいるとなりゃ、町奉行所は口を出せねえ。藩の揉《も》め事《ごと》を裁《さば》くのは大目付《おおめつけ》の役目だからな」

「わかっておりやす。わかったうえでお願えしてるんです。惣吉の絵師殺しが証明できるまで、おこうを生かしておいてもらえやせんか」

「何でそこまでやる。ひょっとして、おこうとやらと懇《ねんご》ろになったのか」

「とんでもねえ。あっしにゃ、女房がおりやす」

「じゃあ、何なんだ」

「見過ごすことができねえんですよ。濡れ衣だとわかっている女を土壇なんぞへ送りたかねえ。おれは惣吉が許せねえんだ。野郎は子を孕んだ女房の腹を蹴りつけ、子を殺《あや》めたんです。そんな野郎が許せやすかい」

「おぶんのためにも、許せねえってわけか」

忠兵衛は後退《あとずさ》り、両手を畳につける。

「長岡さま、後生一生《ごしょういっしょう》のお願いでござんす」

「ふん、あいかわらず、面倒臭え男だな」

だぼ鯊は盃を呷《あお》り、深々と溜息を吐いた。

「五日だ。今日から五日目の朝までにけりをつけろ。それ以上延ばすのは無理だぜ」

「おありがとう存じやす」

「礼を言うのはまだ早え。出島屋惣吉が絵師を殺めた証拠《あかし》を持ってこねえことにゃ、女を解きはなちにゃできねえぜ」

「承知しておりやす」

「いいや、おめえはわかってねえ。今さら、証拠なんざあがらねえよ」

「だったら、どうすれば」

「捕まえて厳しく責めたて、本人の口から吐かせるっきゃあんめえ。でもな、一筋縄じゃいかねえぜ。出島屋が捕まって困るのは、佐竹の連中だ。どこまでの大物が関わっているかもわからねえが、下手すりゃこっちの首が危うくなる」

「いってえ、どういうことです」

「棹銅と聞いて、ぴんときた」

だぼ鯊はことばを切り、険《けわ》しい顔でつづける。

「佐竹家は秋田の領内に、阿仁銅山《あにどうざん》を持っている。銅を勝手に掘りまくり、山奥の吹所《ふきどころ》で精錬《せいれん》していやがるんだ。無論、そいつは噂にすぎねえ。大目付の隠密《おんみつ》は、証拠を摑もうと必死になっていやがる。じつを言えば、噂はもうひとつあってな、そいつは蘭国との関《かか》わりだ」

佐竹家の連中が蘭国と直に繋がり、大量の銅を秘かに流出させている。そのような由々《ゆゆ》しい噂を、町奉行の曲淵甲斐守みずから耳にしたことがあったという。

言うまでもなく、蘭国は欧米列強とされる国々のなかでは唯一、日本が門戸《もんこ》を開いている相手だ。長崎《ながさき》の出島《でじま》に商館を置き、幕府の定めた範囲内であれば貿易を許されている。同国の物品を運ぶ貿易船のすべては商館長《カピタン》の管轄《かんかつ》下にあり、商館長は諸外国の情勢を報告したり貢《みつ》ぎ物《もの》を献上する目途《もくと》で、四年に一度は江戸《えど》表《おもて》の将軍に拝謁《はいえつ》しなければならない。それは三代将軍家光《いえみつ》の治世から繰りかえされてきたことだ。

蘭国の商館長は高価な反物《たんもの》や砂糖の決済にあたって、金でも銀でもなく、最初から銅を要求してきた。銅を大量に仕入れ、帆船を安定させる底荷《バラスト》の役割も担《にな》わせるのだという。

だが、幕府が蘭国に支払う銅は年間で五十万斤《きん》を超える程度にすぎず、欲《ほっ》する額にはほど遠い。そこで、目をつけたのが、領内に良質な銅山を有する久保田藩佐竹家にほかならなかった。

　直に取引をすれば、双方に莫大な利益が転がりこむ。

　佐竹が藩ぐるみで不正をおこなっているという噂は以前からあり、大目付の隠密が何度も国許《くにもと》への潜入をこころみていた。

「出島屋の扱う棹銅が蘭国に流れているかどうかはわからねえ。ただし、そいつは藩ぐるみの不正を暴《あば》く端緒《たんしょ》にはなる。下手すりゃ、二十万六千石の藩が丸ごとひとつ吹っ飛ぶはなしだ。おめえは大目付の間者《かんじゃ》でもねえのに、腫《は》れ物《もの》に触ろうとしているのさ。そいつを聞いてびびったら、金輪際、首を突っこまねえことだ。懇ろになってもいねえ女のために、何も命を張ることはねえだろうよ」

　忠兵衛は、ぎろっと眸子を剝いた。

「あっしが手を引くとでも」

「引かねえやつは莫迦だ。おれは助けてやらねえぜ」

「おこうの命を五日延ばしていただける。それだけで、けっこうでやすよ」

「あたりめえだ。これで鯖屋の一件はちゃらにする。おめえにゃまた、厄介事を請けおってもらうぜ。ただし、生きていればのはなしだがな。ふふ、じゃあな、ここの払いは頼むぜ」

だぼ鯊は残った酒を意地汚く呻り、後ろもみずに去っていく。

「くそったれめ」

煮詰まった鍋を睨みつけ、忠兵衛は悪態を吐いた。

八

おこうが捕まってから、二日目の夕刻を迎えていた。

瓦町の露地裏からは、千年飴売りの悲しげな唄が聞こえてくる。

「愛《いと》しいこの子に舐めさせたい。千年万年幾年も長生きできるようにとの、母の恋慕《れんぼ》の込められた飴をこの子に舐めさせたい……」

幼子の成長を祈念する親たちが、小銭と引き換えに飴を買う。

おこうが千年飴を売りはじめた理由は死んでしまった我が子への鎮魂供養《ちんこんくよう》なのではないかと、忠兵衛はおもった。

おこうに酷い仕打ちをした連中は、ひとりたりとも許す気はない。

惣吉は言うにおよばず、紅毛人を連れてきた侍ふたりにも罪を償《つぐな》わさせてやるつもりだ。

出合茶屋の番小屋で庄次郎に風体《ふうてい》を聞いたところ、侍のひとりは山瀬彦九郎に似ていることがわかった。そもそも、忠兵衛が出島屋と繋がるきっかけをつくった人物である。調べてみると、長尺刀《ちようしやくとう》を自在に操る霞流《かすみりゆう》の達人らしかった。

もうひとりは「頭巾《ずきん》をかぶった偉そうな侍」ということしかわかっていない。かりに山瀬が仕える西目兵部であったならば、銅の密輸出に久保田藩の次席家老が関わっている証拠にもなる。

だが、大掛かりな不正など、忠兵衛にはどうでもよかった。

おこうを傷つけた連中に地獄をみせてやる。ただ、それだけのことだ。

忠兵衛はひとり、午過《ひるす》ぎから『出島屋』を張りこんでいる。

陽が落ちてしばらく経ったころ、法仙寺《ほうせんじ》駕籠《かご》が一挺《いつちよう》滑りこんできた。

店から出てきた惣吉は、風呂敷《ふろしき》に包んだ四角い箱を大事そうに抱えている。

「菓子箱だな」

小判の敷きつめられた菓子箱にちがいないと察し、忠兵衛は舌舐《したな》めずりをした。駕籠尻を追っていけば、狙いどおりに、悪党どもの顔を拝《おが》むことができそうだ。

随行《ずいこう》するのは提灯持ちの手代がひとり、法仙寺駕籠は軽快に鳴きを入れながら走りつづけた。浅草橋《あさくさばし》を渡って両国《りょうごく》広小路を突っきり、黒光りする大川に沿って新大橋《しんおおはし》の広小路まで進む。さらに、横風に揺れる新大橋を渡りきって右手へ曲がり、小名木川に架かる万年橋を渡って川沿いに南下、仙台堀に架かる上之橋《かみのはし》をも越えていく。

たどりついたのは佐賀町の一角、惣吉が消えたさきは大川に面した楼閣風《ろうかくふう》の料理茶屋だった。

暖簾には『おりゑ』とある。

一見《いちげん》の客は寄せつけぬ金満家相手の料理茶屋だ。

「一度はへえってみたかったところさ」

忠兵衛は下足番《げそくばん》の目を盗み、するりと敷居の内へ忍びこんだ。

廊下の隅を音も無く走りぬけ、二階へつづく階段の裏に隠れる。

膳を運ぶ下女たちの数を確かめ、客は三組しかいないことをつきとめた。

しかも、二組の客は一階で、一組だけが二階の奥に座を設《もう》けてある。

惣吉が案内されたのは二階だろうと見当をつけたところへ、ふたりの客が案内されてきた。

「ささ、こちらでござります」

女将《おかみ》に導かれてきたのは、ふたりの侍である。

ひとりは山瀬彦九郎、もうひとりは頭巾をかぶった偉そうな人物だ。

忠兵衛は息を殺し、空唾《からつば》を呑んだ。

ふたりが階段を上《のぼ》りきるや、跫音《あしおと》も起てずにつづく。

最後の一段で身を屈め、顔だけ出して部屋の位置を確かめた。

女将が戻ってくるよりもまえに、廊下の暗がりへ身を寄せる。

あとはこっちのものだ。

こうみえても江戸じゅうの蔵という蔵を荒らしまわった盗人、天井裏に忍びこむ身軽さなら鼠《ねずみ》にも負けない自信がある。

廊下の隅を見上げ、壁をよじのぼった。

天井板を一枚外し、苦も無く暗闇へ忍びこむ。

蜘蛛《くも》のように這《は》いつくばり、手先足先を器用に使いながら、慎重に天井裏を進んでいった。

見当をつけた奥の部屋へ達し、天井板を一枚ずらす。

当たりだ。

闇に慣れた双眸《そうぼう》が、行灯《あんどん》の灯《あか》りに射抜かれた。

真下には上座にふんぞり返った侍の月代頭がみえる。

「山瀬さま、菓子箱をお持ちしました。どうぞ、お改めを」

声のほうに目をやれば、惣吉が下座でかしこまっていた。

対座する山瀬は膝を寄せて菓子箱を受けとり、上座の人物に了解を得て蓋を外す。

刹那《せつな》、黄金色《こがねいろ》の光が放たれた。

「三百両ございます」

と、惣吉が胸を張る。

「敷きつめるのに苦労いたしました」

「口を慎《つつし》め、御前《ごぜん》に無礼であろう」

「へへえ」

平伏《ひれふ》す惣吉に、山瀬はたたみかける。

「大手を振って商いができるのは、いったい、どなたのおかげか。すべては、ここにおわす西目兵部さまのおかげであろう」

「へへえ、仰るとおりにございます」

西目兵部と聞いて、忠兵衛はほくそ笑む。

おもっていたとおり、二十万六千石の次席家老が悪党の親玉なのだ。

「まあよい。山瀬、かりかりいたすな」

上座の西目が嗄れた声でたしなめた。

惣吉は膝行《しっこう》し、主賓《しゅひん》の盃に酌《しゃく》をする。

「ところで出島屋、例の手配りはできておるのか」

「へえ、それはもう、万全にござります」

「ボゼマンのやつめ、おのが目で吹所をみねば気が済まぬと抜かしてな、棹銅の精度を疑っておるのよ」

「ヘンドリック・ボゼマン。四年前も、あの腐れ紅毛人は同じことを抜かしました。自分は蘭国人ではあるが、七つの海を股に掛けた海賊にほかならぬ。長崎で眠っている商館長とちがい、自分の目は節穴《ふしあな》ではない。精度の高い棹銅を寄こさねば、取引には応じられぬと見得を切りました」

「ボゼマンを怒らせて取引を失いかけたが、あのときはおぬしの機転に救われた。おぬしが女房をあてがったおかげで、ボゼマンはすっかり機嫌を直したのじゃ。ついでに蘭画を描く趣向で、わしらも大いに楽しませてもろうたわ。女房の妖《あや》しげな姿態、今も瞼の裏に焼きついておるぞ」

「西目さま、それは御手許《おてもと》に蘭画があるからではございませぬか」

「おう、そうじゃ。折に触れては見返しておる。今一度、ボゼマンとおぬしの元女房を番《つが》わせとうなってきたわ」

「御前、それはできぬ相談にございます」

と、山瀬が横から口を挟む。

「ああ、わかっておる。絵師も元女房もおらぬようになったらしいな」

「出島屋はうらぶれた絵師を殺め、捨てた女に濡れ衣を着せました。もうすぐ、女は首を落とされましょう」

「もったいないはなしよ。ボゼマンが聞いたら嘆《なげ》くかもしれぬぞ」

「疾《と》うに忘れておりましょう。異国で関わった女が首を落とされたとて、嘆くような男ではありませぬ」

「たしかにな。あれは野獣じゃ、人ではない」

はなしを聞いているうちに、怒りが沸々《ふつふつ》と込みあげてきた。

ボゼマンという紅毛人に吹所をみせる日取りを聞きのがすまいと、忠兵衛は全神経を耳に集中させる。

三人はしばらく他愛のないはなしをつづけ、豪勢な料理に舌鼓《したつづみ》を打った。

天井裏に隠れた鼠の集中が切れかかったころ、山瀬が声の調子を落とす。

「ボゼマンは明日にも上陸を望んでおる」

品川沖《しながわおき》に碇泊《ていはく》する樽廻船《たるかいせん》は偽装されたもので、航海の途上で雇った唐人《とうじん》の水夫《かこ》たちが大勢乗りこんでいる。なかには頭頂を剃《そ》って後ろの髪だけを編みこんだ弁髪《べんぱつ》の連中も混じっており、役人の調べがはいれば密輸船だと看破されかねない。

そのことをボゼマンは懸念《けねん》しているというのだが、浦賀沖《うらがおき》から江戸湾深く侵入してくる豪胆さには驚きを禁じ得なかった。

おそらく、日本という国を舐めているのだろう。

山瀬は重ねて問うた。

「出島屋、どうだ」

「明後日の夕刻ならば、どうにかなりましょう」

「よし、ならば、沖合の船に伝令を遣《つか》わしておこう」

惣吉は西目のほうに向きなおり、畳に両手をついた。

「西目さま、こたびの取引が最後と考えてよろしいのでしょうか」

「ああ、そうじゃ。幕府大目付の間者が探《さぐ》りを掛けておるようだし、我が藩の江戸家老も疑いの目を向けはじめた。されど、まだ気づかれてはおらぬ。この四年でわしが儲けた金は五千両にのぼる。すでに、一部は重臣どもにばらまいた。わしはそう遠くない時期に筆頭家老となる。そうなれば、誰からも文句は言わせぬぞ。殿はあいかわらず、絵を描くことにしか興味がない。筆頭家老にさえなれば、久保田藩二十万六千石はわしのおもいのままじゃ」

「その折は、出島屋を御用達《ごようたし》に」

「ああ、わかっておる。おぬしのごとき阿漕《あこぎ》な商人《あきんど》が必要なのじゃ。山瀬とともに、後始末だけはきっちりつけておけ。けっして、このことが外に漏れぬようにな」

「へへえ」

忠兵衛は天井裏から音も無く離れた。

仕掛けるのは明後日の夜、こっちこそ、きっちり始末をつけてやる。

九

二日後、夕刻。

——じゃじゃあ、じゃあ。

懸巣《かけす》が椎《しい》の木陰で鳴いている。

忠兵衛は、にわか造りの吹所とおぼしきところへ向かっていた。昨日の朝、瓦町の『出島屋』を訪ね、もう一度雇ってほしいと、土下座するほどの勢いで頼みこんだ。

そうしたら、意外にもあっさり諾《だく》してもらえたのだ。

「ちょうど、猫の手も借りたいところで」

と、惣吉は厚顔無恥《こうがんむち》な顔で応じた。

甚斎だけは「危ねえ橋は渡らねえ」と拒んだが、左近と又四郎にも事情をはなして助力を請い、三人で指定された亀戸の天神橋へ足を運んだ。

一刻ほど待っていると、惣吉本人がやってきた。

従いてきてほしいと言われ、左右に田畑の広がる一本道をたどり、行きついたさきは押上村の一角だった。

――じゃあ。

懸巣がまた、濁《にご》った奇声を張りあげる。

紅葉した木々に覆われた林のなかへ、惣吉はずんずん進んでいった。

林の入口で振りむけば、海鼠塀《なまこべい》に囲まれた武家屋敷がみえる。

佐竹家の中屋敷にほかならない。

林のなかをしばらく進むと、丸太小屋があらわれた。

屋根の端に立った筒口《つつぐち》から、灰色の煙がもくもくと立ちのぼっている。

周囲には金物の臭いが充満し、小屋全体が異様な熱気に包まれていた。

「銅瓦をつくっているのだ」

と、惣吉は平気な顔で嘘を吐《つ》いた。

たしかに、銅瓦の欠片《かけら》が散らばっている。

だが、小屋のなかで銅の精錬がおこなわれているのはわかっていた。

「おまえさん方は、このあたりに居てもらう。けっして、小屋には近づかぬように」

そう言い残し、惣吉は何処かへ消えた。

小屋のそばには目つきの鋭い浪人どもが彷徨き、忠兵衛たちにそれとなく目を配っている。

「どうやら、先客があったらしい」

金で雇われた連中だろう。

頭数さえ揃えておけば、いざというときの防《ふせぎ》になるとでもおもっているのだろうか。

「ひい、ふう、みい……」

又四郎は顎をしゃくり、敵になるかもしれない相手を数えた。

左近は木陰に座り、拾った銅瓦の欠片を研《と》ぎ石《いし》で研ぎはじめる。

「あれと同じような小屋をみたことがあります」

と、又四郎が囁いた。

生まれ故郷の出雲《いずも》にいるとき、石見銀山《いわみぎんざん》へ見聞に向かったことがあった。山中で目にした吹所が、同じように屋根の端から灰色の煙を吐きだしていたという。

「銀じゃねえ。あれは銅の吹所さ」

無論、御法度《ごはっと》である。お上にみつかれば、重罪は免《まぬが》れない。

それゆえ、銅瓦をつくる小屋にみせかけているのだ。

紅毛人を案内するために築いた仮小屋であるとはいえ、大胆すぎるやり方だと言うしかない。

しかし、これだけの危険を冒《おか》してでも、やるだけの価値はあるのだろう。

日没から半刻ほど経ったころ、惣吉が戻ってきた。

後ろに巨漢を連れている。

長尺刀を帯びた山瀬彦九郎もしたがえていた。

巨漢は布で頭と顔をすっぽり覆っているものの、ヘンドリック・ボゼマンという紅毛人であることは容易に想像できる。

悪党どもにまとめて引導を渡す好機ではあった。

だが、忠兵衛は急がない。

雇われたほかの浪人たちを警戒した。

数は十人を超えており、どれほどの技倆《ぎりょう》かもわからない。

全員を敵にまわせば、勝てる戦《いく》さができる保証はなかった。

惣吉はボゼマンと山瀬を促し、小屋の内へ導いていった。

三人が外へ出てきたのは、半刻ほど経ってからのことだ。

あたりはすっかり暗くなり、小屋の正面には篝火《かがりび》が焚《た》かれた。

と、そこへ、人足どもの手で三人の女たちが運ばれてくる。

どうみても、夜鷹《よたか》だろう。

惣吉は夜鷹を指さし、ボゼマンに向かって身振り手振りで何かを説《と》きはじめた。

どうやら、棹銅といっしょに樽廻船へ乗せるつもりらしい。

ボゼマンは満足げに高笑いし、脅《おび》える女たちの肩を抱きよせた。

そして、山瀬ともども林の入口へ遠ざかっていく。

残った惣吉は、人足たちに指示を繰りだした。

「小屋のなかの樽をぜんぶ運びだせ」

三輛の荷車に、先日と同じような油樽が山積みにされた。

惣吉がこちらに歩みより、乱暴な口調で指図を繰りだす。

「おぬしらは荷車の防だ。要領はわかっておるな。天神橋のたもとで荷船に乗りかえ、佐賀町まで漕《こ》ぎすすむ。今宵はそこからさきもつきあってもらう。行く先は品川沖だ。気合いを入れて荷を守るように」

偉そうな横面《よこつら》を張りたくなったが、忠兵衛は我慢する。

命じられたとおり、荷車の左右に随行して田圃道《たんぼみち》をたどった。

天神橋にたどりつくと、細長い荷船が二艘横付けにされている。

手早く荷積みを済ませ、水の月を案内役に十万坪まで南下し、仙台堀へ繋がる堀川を右手へ曲がった。

そして、先日と同様に佐賀町の桟橋へたどりつく。

大川は鏡面《きょうめん》のように静まり、月の光を反射させていた。

人足たちが本物の油樽を積んでいると、川のほうから御用船《ごようせん》が近づいてくる。

「ふふ、来やがったな」

惣吉がうそぶいた。

御用船の船首に立っているのは、与力の茂庭鉄之助だ。

船を接岸させるや、ひとりだけ桟橋へ飛びおりてきた。

五人ほどいる手下たちは、船の上で知らぬ顔をしている。口を噤《つぐ》む代わりに、袖の下のおこぼれを頂戴《ちょうだい》するのだろう。

「これはこれは、茂庭さま」

惣吉が愛想笑いで出迎える。

そこまではいっしょだが、先日とちがうのは、後ろに山瀬彦九郎が控えていることだ。

「よう、出島屋。待てど暮らせど、茶菓子は来ねえじゃねえか。どうした、おれのことを忘れたのか」

茂庭は笑ったが、目だけは笑っていない。

惣吉は深々と頭をさげた。

「とんでもない。茂庭さまのことは片時も忘れたことがありませぬ。あなたさまのような悪党がいるおかげで、安心して法度破りができるのですからね」

「無礼なやつめ、おれを悪党呼ばわりする気か」

「悪党なのですから、仕方ないでしょう」

「何だと」

険悪な空気が流れた。

茂庭が腰の刀に手を掛ける。

すかさず、惣吉は後ろに退《さ》がった。

山瀬が一歩踏みこみ、有無を言わせず刀を抜いてみせる。

「しぇ……っ」

抜き際の一刀が、茂庭の胸を裂いた。

夥《おびただ》しい血が噴きだし、悪党与力は大の字で川に落ちていく。

「ひぇっ」

手下どもの乗る船には、浪人たちの手で油が撒《ま》かれた。

「屑《くず》どもめ、逝《い》っちまえ」

惣吉が無造作に手燭《てしょく》を抛《ほう》る。

つぎの瞬間、船は炎に包まれた。

「うわっ」

手下たちも炎を纏《まと》い、つぎつぎに川へ落ちていく。

どうにか命を長らえた者が、必死の形相で桟橋に縋《すが》りついた。

浪人のひとりが櫂《かい》を持ちあげ、髪の焦《こ》げた手下の脳天に振りおろす。

忠兵衛の眼前には、地獄絵のような光景が広がった。

「ひゃはは、燃えろ、ぜんぶ燃えちまえ」

惣吉は狂ったように叫び、桟橋の上で踊りだす。

忠兵衛は怒りよりも、恐ろしさを感じた。

気を抜けば、船手方の二の舞になる。

西目兵部が命じた「後始末」とは、このことだったのだ。

「あんたら、よくやってくれた。役人ひとり始末できぬようでは、沖の船に乗せることはできぬ」

惣吉は「後始末」に加担した浪人どもを褒《ほ》めたたえた。

興奮を隠せぬ喋りは、とても常人のものとはおもえない。

夜盗や押しこみの一団を率いる首魁と、何ら変わりがなかった。

十

沖に碇泊する樽廻船に誘われた理由を、忠兵衛はさほど深くは考えなかった。誘いに乗ったのは、ボゼマンに引導を渡すためだ。

これこそ、おこうの呼びこんだ縁、千載一遇《せんざいいちぐう》の好機と言うしかない。

事情を知る又四郎も同じように感じているようだが、左近だけは何を考えているのかわからなかった。それでも、後ろに控えてくれているだけで心強い。

三人はほかの浪人たちとともども、荷船に乗って江戸湾の沖へ向かった。

夜の海は凪《な》ぎわたり、不気味なほどの沈黙を保っている。

船手方の役人たちに振りかかった悲劇は、朝を待たずに判明するであろう。

沖合にも探索の手が伸びぬともかぎらない。

荷積みを終えた樽廻船は、今夜じゅうに碇《いかり》をあげる公算が大きかった。

「そうはさせぬ」

忠兵衛のつぶやきは、海風に掻き消される。

「おっ、樽廻船だ」

浪人のひとりが声をあげた。

さきほど櫂で船手方の頭を叩いた男で、重松某《しげまつなにがし》というらしい。
重松の指さす方角をみると、黒い舷《ふなばた》が巨壁となって聳《そび》えていた。
全長十丈、幅二丈五尺、米俵二千五百俵を積載できる大船である。
本物の樽廻船を買いつけたか、洋上で奪ったかしたのだろう。
乗っているのは、海賊と少しも変わらぬ気性の荒い連中だ。
多くの水夫は、日本のことばを喋ることもできない。
通詞役《つうじやく》の日本人もいるが、いずれも腕に刺青《いれずみ》があるという。
教えてくれたのは重松だ。
雇われた浪人たちはみな、樽廻船に乗って江戸を離れるつもりらしい。
「呂宋《ルソン》や天竺《てんじく》に渡ったほうが、こんな国にいるよりはましだ」
飢饉《ききん》などで疲弊《ひへい》した世の中にあって、浪人たちの心は荒《すさ》みきっているようだった。
少なくとも、忠兵衛たちはちがう。
何故《なにゆえ》、浪人たちと同じ船に乗せられるのか、その理由を知りたくなった。
二艘の荷船は寄せる波を越え、舷の接水面に浮かぶ桟橋へ近づいていった。
水夫の手で巧みに横付けにされると、油樽がつぎつぎに降ろされていく。

舷と綱《つな》で結ばれた桟橋には、積みかえ用の樽が見受けられた。

中味はどうやら、唐《から》や天竺経由でもたらされた高価な反物や砂糖らしかった。

それらが棹胴の対価となり、高値で江戸の問屋に卸《おろ》されるのだ。

樽と樽を入れかえるべく、人足たちは足場のわるい桟橋で懸命に汗を流す。

そのあいだに、忠兵衛たちは縄梯子《なわばしご》をよじのぼった。

惣吉に導かれて甲板《かんぱん》にあがると、眸子をぎらつかせた水夫たちが待ちかまえている。

弁髪の連中もいた。幅の広い青竜刀《せいりゅうとう》を提《さ》げた危うげな者もいる。

海賊と何ら変わりなく、よくぞ浦賀水道《うらがすいどう》を抜けてこられたなと、あらためて感《かん》嘆《たん》せざるを得なかった。

水夫たちが左右に分かれると、大男のボゼマンが胸を張ってあらわれた。

後ろには長尺刀を腰に差した山瀬彦九郎が控えている。

「おまえら、横一列に並べ」

山瀬が浪人たちに向かって、偉そうに叫んだ。

十人余りの浪人たちは、文句を言いながらも一列に並ぶ。

忠兵衛と又四郎も、渋い顔でしたがった。

いつのまにか、左近のすがたは消えている。
不穏《ふおん》な空気を察し、別の梯子を使って舷をよじのぼったのだ。
左近が消えたことに気づいたのは、忠兵衛と又四郎だけだった。
「このなかに、大目付の密偵《いぬ》がいる」
山瀬が吼《ほ》えた。
浪人たちのあいだに動揺が走る。
横を向き、隣同士で顔を見合わせている。
忠兵衛だけが町人の風体なので、列のなかでは目立った。
ボゼマンが列の端へ歩《ほ》を進め、ひとりずつ顔を見下ろしはじめる。
弁髪の水夫がひとり、重そうな刀を携えてきた。
斬馬刀《ざんばとう》だ。
ボゼマンがそれを受けとり、頭上に掲げて振りまわす。
――びゅん、びゅん。
刃風《はかぜ》が起きるたびに、浪人たちは首を縮めた。
ボゼマンは薄笑いを浮かべ、ゆっくり歩きだす。
おもわせぶりな趣向だ。

隣の又四郎は顔色を変えている。
忠兵衛の動悸《どうき》も激しくなった。
ボゼマンが近づいてくる。
忠兵衛の眼前で止まり、ぬっと赤い鼻を寄せてきた。
強烈な獣臭《けものしゅう》に顔をしかめる。
ボゼマンは斬馬刀を持ちかえ、忠兵衛の首筋にあてがった。
又四郎が動こうとする。
「待て」
忠兵衛が低声《こごえ》で制した。
ボゼマンは前歯を剝き、すっと身を離す。
詰めた息を吐きだした。
と、そのとき。
「ぬげっ」
列の誰かが叫んだ。
びゅっと、鮮血が飛ぶ。
足許《あしもと》に転がったのは、重松某の生首だった。

おもいがけぬ事態に、動揺を抑えきれなくなる。

「ぬはは」

ボゼマンは生首を蹴りつけ、血のついた斬馬刀を片手でくるくるまわしながら戻っていった。

「きゃああ」

突如、女の悲鳴が響いた。

水夫たちが、三人の夜鷹を連れてくる。

ボゼマンは斬馬刀を抛《ほう》り、両腕に夜鷹たちを抱きよせた。

真っ赤な舌で白粉《おしろい》の剝げかかった頰を舐めるや、夜鷹たちは蛇に睨まれた蛙のように固まってしまう。

声も出せないのだ。

助けてやりたいと、忠兵衛はおもった。

「密偵の屍骸を海に捨てろ」

山瀬に命じられ、浪人たちが首無し胴を担ぎあげる。

「せいの」

声を掛けあい、宙に放りなげた。

奈落の底に、小さな水飛沫があがる。

惣吉が笑いながら、忠兵衛のそばにやってきた。

「おめえも密偵か。ぐふふ、首を失いたくなかったら、今宵目にしたことは誰にも漏らすな」

「漏らす気なんざ、ありやせんよ」

「ふふ、おもったとおり、性根の据わった野郎だぜ」

伝法な物言いは、本来のものであろう。

もはや、商人にはみえない。盗人どもを束《たば》ねる首魁そのものだ。

「おれはな、稼いだ金を元手に手広く商売をやっていくつもりだ。知恵と度胸のある相棒が欲しい。どうだ、いっしょにやらねえか。おめえの顔つきが気に入ってな、この船に乗せてやったのも、おめえにおれと同じ匂いを感じたからさ。どうする、返答次第でこっちの態度は変わるぜ。ふふ、今が生きるか死ぬかの瀬際ってことさ」

「断る道はねえってことかい。ふん、わかったよ。ただし、ひとつだけ頼みてえことがある」

忠兵衛が鋭い眼光で睨みつけると、惣吉は片眉を吊りあげた。

「何だ、言ってみろ」

「紅毛人の顔をもう一度、そばで拝んでおきてえ。たぶん、こんな機会は生涯に二度とねえだろうからな」

「ふっ、お安いご用だ」

惣吉は「ぴっ」と指笛《ゆびぶえ》を鳴らし、ボゼマンを振りむかせた。

十一

夜鷹の乳を揉んでいた大男は惣吉に誘われ、のっそり近づいてくる。

忠兵衛が満面の笑みで両手をひろげると、何ひとつ疑いもせずに身を寄せてきた。

「蛆虫《うじむし》め」

吐きすててやると、怪訝な顔をする。

「手込めにされたおこうの恨み、晴らさせてもらうぜ」

懐中から素早く匕首《あいくち》を抜き、どてっ腹に突きさした。

「ぐおっ」

ボゼマンは忠兵衛の襟首《えりくび》を摑み、凄まじい膂力《りょりょく》で持ちあげる。

「うひぇっ」
隣で叫んだ惣吉の顔面に、又四郎が固めた拳《こぶし》を叩きこんだ。
——ばきっ。
鼻の骨が折れる音がして、悪党はその場にくずおれる。
ボゼマンは腹から血を流しながらも、襟首を摑んで放さない。
「……ぬ、ぬぐっ」
息が詰まりかけた。
手や足で撲《なぐ》りつけても、びくともしない。
「食らえ」
又四郎が真横から体当たりを食らわす。
だが、鋼《はがね》のような巨体にはねつけられた。
益々、息が詰まった。
万事休すか。
そうおもったとき、暗闇から何かが飛んできた。
——ひゅるひゅる。
煌《きら》めきながら旋回《せんかい》し、ボゼマンの後ろ頭に刺さる。

「ぬがっ」

襟首から手が離れ、忠兵衛は甲板に落ちた。

かたわらには、屍骸と化したボゼマンが転がっている。

後ろ頭に刺さっているのは、銅瓦にほかならない。

左近が投じたのだ。

「……だ、旦那」

すがたは、みえない。

浪人どもや水夫たちは呆然《ぼうぜん》としている。

山瀬だけが刀を抜き、大股で迫ってきた。

「おぬし、何者だ」

誰何《すいか》されても、忠兵衛はこたえられない。

首を絞《し》められたせいで、声が出てこないのだ。

「喋る気がないなら、地獄へ逝け」

山瀬は両足を開き、長尺刀を八相《はっそう》に持ちあげる。

刹那、太い檣《ほばしら》の陰から、怪しげな謡《うたい》が響いてきた。

「両介《りょうすけ》は狩装束《かりしょうぞく》にて、数万騎那須野《すまんぎなすの》を取りこめて、草を分《わか》って狩りけるに、身を何と那須野の原に……」

能の演目にある「殺生石」である。殺されて人に災いをもたらす石となった狐《きつね》の魂《たましい》を成仏させるはなしだ。

「……あらわれ出《い》でしを狩人の、追っつまくっつさくりにつけて、矢の下に射《い》っ伏《ぶ》せられて、即時に命をいたずらに、那須野の原の露《つゆ》と消えても、なお執心はこの野に残って、殺生石となって……」

謡《うた》っているのは、無論、左近であった。

檣の陰からあらわれ、小走りに近づいてくる。

「何やつ」

振りむいた山瀬の面前に、ひょろ長い人影が立ちはだかった。

左近は月を背にしている。

「小癪《こしゃく》な」

山瀬は刀を脇構えに持ちかえ、甲板を滑るように迫った。

左近は抜かない。

無音無声《むおんむせい》の剣と評される雲弘流には、胴抜きの居合技《いあいわざ》がある。

一方、山瀬の修《おさ》めた霞流の太刀筋《たちすじ》は主にふたつ、長尺の利点を生かした順勢の袈裟《けさ》懸《が》けと逆勢の水平斬りしかない。
どちらを選んでも、左近の胴抜きを逃れる術《すべ》はなかった。
少なくとも、忠兵衛は左近の勝ちを確信している。
「はうっ」
山瀬は躊躇《ためら》いもみせず、先に仕掛けていった。
撃尺《げきしやく》の間境《まざかい》を越えるや、二間余りも宙に跳んだのだ。
左近は横三寸の動きで身をずらし、電光石火のごとく刀を抜きはなつ。
——しゅっ。
一瞬の煌めきとともに、白刃が眉月《まゆづき》の軌跡《きせき》を描いた。
そしてすぐさま、黒鞘《くろさや》に納まる。
すでに、双方は体《たい》を入れかえていた。
甲板に立つ者たちはみな、固唾《かたず》を呑む。
——ちん。
疳高《かんだか》い鍔《つば》鳴《な》りが響いた。
と同時に、左近の片袖がぼそっと落ちる。
山瀬が首を捻《ひね》り、不敵な笑みを浮かべた。

「ぐえほっ」

唐突《とうとつ》に、血を吐く。

脇腹が、ぱっくり裂けていた。

片膝を折り、ゆっくり倒れていく。

「……や、やった」

忠兵衛は、ほっと安堵《あんど》の溜息を漏らした。

又四郎は、乾いた唇《くち》もとを舌で舐めまわす。

残された水夫たちは、途方に暮れてしまった。

鶏冠《とさか》を失えば、烏合《うごう》の衆《しゅう》にすぎない。

抗《あらが》う様子もないので、放っておくことにした。

「こいつらがどうなろうと、知ったことじゃねえ」

それは惣吉に雇われた浪人たちもいっしょだ。

死のうが捕まろうが、こっちの知ったことではない。

「おうい、そこで待ってろ」

忠兵衛は眼下の荷船に合図を送り、梯子を伝って桟橋に降りた。

後ろ手に縛った惣吉は宙吊りにして、力自慢の又四郎が上からゆっくり降ろす。

やがて、忠兵衛たちは荷船に乗りうつった。
惣吉は覚醒しても、何が起こったのか把握《はあく》できない。
だぼ鯊が約束を守っていれば、おこうはまだ生きているはずだ。
惣吉を生かしてやったのは、絵師殺しの下手人として裁くためであった。
夜は更けたが、眠っている余裕はない。
荷船は樽廻船から徐々に離れていく。
——ちゃぽん。
波が出てきた。
舷に当たって砕けちる。
振りむけば、樽廻船が小山のようにみえた。
舵取りを失った船が浦賀水道を無事に抜けられるとはおもえない。
捕り方に拿捕《だほ》されて調べられたら、油樽に詰めた棹銅もみつかるだろう。
佐竹家の関与が疑われ、藩の行く末に暗雲が垂れこめるかもしれない。
たとい、そうなったとしても、忠兵衛には関わりのないことだ。
次席家老の西目兵部が責を負えばそれでいい。

いつのまにか、東の空が白みはじめてきた。

まだ、すべてが終わったわけではない。

忠兵衛は灰色の海原をみつめ、唇をぎゅっと嚙みしめた。

十二

乳色の靄《もや》が立ちこめるなか、北町奉行所の正門前には人集《ひとだか》りができていた。

ざんばら髪の町人が海老責めの格好で手足を縛られ、筵《むしろ》に座らされているのだ。

捨札《すてふだ》の口上にもあるとおり、晒された男は出島屋惣吉にほかならない。

罪状は絵師殺しである。

棹銅の密輸出については一字たりとも触れておらず、その代わり筵の周囲には棹銅が何本も刺さっていた。

大川の百本杭《ひやつぽんぐい》とまではいかぬが、けっこうな数が林立《りんりつ》している。

「悪党め、死んじまえ」

野次馬のひとりが罵声《ばせい》を浴びせると、便乗して礫《つぶて》を投げる者も出てきた。

惣吉は顔じゅう血だらけになり、屈辱に耐えねばならなかった。

天災や飢饉がつづき、庶民の暮らしはいっこうによくならない。田沼意次《たぬまおきつぐ》が老中となって推進してきた政事《まつりごと》は行きづまり、賄賂《わいろ》や不正が横行するなか、幕府は進むべき道筋を失いつつある。

野次馬たちには憤懣《ふんまん》が蓄積しており、晒された罪人は憂《う》さの捌《は》け口《ぐち》となるしかない。

門番は勝手に手を差しのべることもできず、ただ呆然と見守るだけだ。

内与力のだぼ鯊は出仕《しゅっし》するなり、厄介事に巻きこまれることとなった。

興奮する野次馬たちを制し、捕り方を動員して晒し場を片付けさせ、血達磨《ちだるま》になった惣吉の縄を解いて奉行所に引ったてていく。

だが、罪状をじっくり吟味する手間は省《はぶ》かれるにちがいない。

惣吉の懐中には、罪をみとめる口書が突っこんであるからだ。

野次馬たちは去った。

ひとりぽつねんと佇んでいるのは、晒した張本人の忠兵衛である。

しばらく経って、だぼ鯊が表門から出てきた。

肩を怒らせ、鬼の形相で近づいてくる。

「てめえ、またやりやがったな」

「あてでもしねえことにゃ、気が済まなかったもんで」

「明日にも沙汰は下りる。斬首はまちげえねえ」

「おこうは、どうなりやしたか」

「生きているよ。ただし、溜預《ためあず》けだ」

「えっ」

不満そうにしても、だぼ鯊は取りあわない。

「絵師を殺っちゃいねえが、胸に刺さった出刃包丁は自分のものだと吐いた。元の亭主を刺そうとしたが失敗《しくじ》ったと、泣きながら喋りやがった。辛《つら》い責め苦にゃ耐えてみせたが、積もり積もった恨み辛《つら》みを吐きだしたかったにちげえねえ。黙ってりゃ解きはなちになったものを、正直に吐いちまったせいで溜預けになったんだ」

「そんな」

「世の中ってのは理不尽《りふじん》にできていやがる。でもな、命を長らえただけでもよしとせにゃなるまい。二年だ」

「えっ」

「二年辛抱すりゃ、足を洗って出直せる」

吉原のそばにある溜は、非人頭の車善七《くるまぜんしち》に差配されている。病気になった罪人や遠島《えんとう》を待つ年少の者が預けられるさきだ。高い塀に囲まれた溜のなかで、おこうは人の嫌がる雑用を強いられる。だが、溜から出られる保証さえあれば、どんなことにも耐えられるにちがいない。

「二年で出られるように、お口添えしていただいたんですね」

「それが精一杯でな。溜送りになるのは明後日の早朝だ。裏門から、そっと出すことになっている」

「お教えいただき、ありがとう存じやす」

「ところで」

だぼ鯊は四角い顔を寄せてきた。

「昨夜、佐賀町の桟橋で、船手方の連中が船一艘ごと焼かれて沈められた。探索に乗りだした船手奉行の向井《むかい》将監《しょうげん》さまが、高輪《たかなわ》の縄手《なわて》で怪しい荷船をみつけてな」

人足たちの証言から、品川沖に碇泊する樽廻船が抜け荷に関わっていることを突きとめた。さっそく沖に出向いて樽廻船を調べてみると、異国の水夫たちが船室のなかで身を寄せあい、がたがた震えていたのだという。

腰の重い捕り方の連中にしては、素早い対応だった。

だぼ鯊に睨まれても、忠兵衛は余計な口を挟まない。

自分の目でみてきたことを、逐一《ちくいち》伝えるつもりはなかった。

「船底から油樽がみつかった。かなりの量だ。蓋に扇《おうぎ》の家紋が焼き印された樽があってな、中味を調べてみると、こいつが詰まっていた」

だぼ鯊は手にした棹銅を鼻先に突きだす。

「扇は佐竹家の家紋だ。でもな、よくみたら、ちがっていた」

扇の絵柄は満月ではなく、半月だったらしい。

忠兵衛も今になって、みまちがえたことに気づかされた。

冗談のようなはなしだが、おかげで佐竹家との繫がりを追及する手立てはなくなったという。

「佐竹家の内情を探っていた大目付の隠密が、ひとり何処かに消えたらしい。おぬし、そやつがどうなったか知らぬか」

「さあ」

しらを切ると、だぼ鯊は不機嫌そうに鼻を鳴らす。

「棹銅の出所は佐竹家だと、おれはみている。藩ぐるみかどうかまではわからねえ。ただし、悪事に関わっているのは、そうとう位の高えやつだ」

「惣吉を責めれば、きっと黒幕の名を吐きやすぜ」

「責めやしねえ。惣吉は絵師殺しで裁かれる。下手に責めて棹銅のことを喋られたら、幕閣のお偉方にも困る連中が出てくるだろうからな」

二十万石を超える藩が潰されたら、禄《ろく》を失った侍どもが市中に溢《あふ》れだす。ただでさえ無宿人《むしゅくにん》が溢れているのに、食いつめ者がこれ以上増えたら、江戸表は犯罪の温床《おんしょう》になりかねない。

「臭えものに蓋ってわけでやすか」

「ああ、そうだ。本物の悪党ってのはな、のうのうと生きのびるようにできている。忠兵衛よ、口惜《くちお》しかねえか」

「えっ」

「口惜しけりゃ、おめえがどうにかしろ」

「そいつは、お墨付きってやつですかい」

「ちがう。頼まれ仕事だよ、ほれ」

だぼ鯊は、赤い紐《ひも》で結んだ六文銭《ろくもんせん》を差しだした。

「おこうって女が後生大事に抱えていた銭だ。あの世へ逝くとき、三途の川の渡し人に渡そうと持っていたらしい」

「どうして、あっしに」

だぼ鯊は、ふくみ笑いをしてみせる。

「おめえは、三途の川の渡し人だろう。その銭に込められた女の恨みを晴らしてやるこった」

「長岡さま」

「何だよ」

問いかえされて、忠兵衛はにっこり笑う。

「こう言っちゃ何でやすが、見直しやしたぜ」

「ふん、おめえに見直されても嬉しかねえ。早いとこ、帳尻を合わせちまえ」

「へい」

切れ者の内与力は胸を張り、颯爽《さっそう》と門の向こうへ消えていく。

忠兵衛は深々と頭《こうべ》を垂れ、しばらくその場から離れずにいた。

十三

翌日の八ツ頃、忠兵衛は古物商に化け、三味線堀のそばにある佐竹家の上屋敷を訪れた。

次席家老の屋敷は、広い敷地の一角に建っている。

気後《きおく》れするほど立派な門もあり、紅葉を楽しむ広い庭もあった。

訪ねることを許されたのは、趣味の骨董《こっとう》に目をつけたおかげだ。

出入りの古物商を介して、是非、おみせしたいものがあると伝え、文に一枚の絵を秘かに添えておいた。

出合茶屋の番小屋から盗んできた、件《くだん》のあぶな絵である。

文に添えたのは本物でなく、知りあいの浮世絵師に写させた代物《しろもの》だ。

ほかにも何枚かあると嘘を吐き、譲ってやってもよいと綴《つづ》ったところ、すぐにでも会いたいとの返事が寄こされた。

指定された刻限に訪ねると、目つきの鋭い用人が門のそばで待っていた。

さっそく奥座敷へ案内され、しばらく待たされる。

――ぴいるり、ぴいるり。

襖障子《ふすましょうじ》を開けて庭に目をやると、鵯《ひよどり》が藪椿《やぶつばき》の蜜を吸っていた。

家人の気配はない。

持ちこまれるのがあぶな絵だけに、邪魔がはいらぬように配慮したのだろう。

それが忠兵衛の狙いでもあった。
殺風景な座敷だが、床の間の刀架けには華美な拵《こしら》えの刀が見受けられる。
床柱の一輪挿《いちりんざ》しには、白い侘助《わびすけ》が挿してあった。
庭で見掛けたものだろう。
本人が飾ったのだとしたら、少しは風流を解《かい》する人物らしい。
それでも、悪党は悪党である。
野心のためなら、人がどれだけ死のうと意に介さない。
我が身を守るためなら、どのような汚いことでもする。
そんな輩《やから》は六文の価値もないと、忠兵衛はおもう。
待たされるあいだに、簡単な仕掛けはできた。
長い廊下の向こうから、跫音が近づいてくる。
読みどおり、西目兵部はひとりであらわれた。
上座に腰を下ろすなり、居丈高《いたけだか》に発してみせる。
「上州屋《じょうしゅうや》とやら、絵を携えてきたか」
「へえ」
忠兵衛は三つ指をついたまま、顔だけを持ちあげた。

鬢《びん》や眉に霜《しも》が交《ま》じっているせいか、還暦《かんれき》も近い好々爺《こうこうや》にみえる。

忠兵衛はもったいぶるように、のんびり風呂敷を解きはじめた。

「早うみせよ。ほれ、こっちに来い」

「へえ」

懐紙に包んだ絵を両手で持ち、ずりずりと膝行する。

畳の上で懐紙を開くと、西目は中腰になって覗きこんだ。

ごくっと、生唾を呑む。

「ふむ、見事じゃ」

「さようにござりましょう」

「これを何処で手に入れたのだ」

「詳しくは申しあげられませぬが、出元は出合茶屋にござります」

「ん、不忍池の出合茶屋か」

西目は驚きつつも、納得したようにうなずく。

「ほかにもあると、文に綴っておったな」

「いかにも。されど、御前がお持ちの絵もおみせいただきとう存じます」

「よかろう。そのつもりで持ってきたわ」

西目は懐中から懐紙を取りだす。

畳に置かれた蘭画を目にし、忠兵衛は息を呑んだ。

紅毛人と女の濡れ場が、より精緻《せいち》に描かれている。

磯波舟一、渾身《こんしん》の一枚と言ってもよい。

「どうじゃ」

「見事なできばえにござります」

「売ればいくらになろうかの」

「手前ならば、一千両出しても惜しくはないかと」

「さもあろう。この絵を描いた絵師は、もうこの世におらぬ。あぶな絵はこれ一枚しかないとおもうておった矢先、おぬしから思いもよらぬ朗報が届いたのよ。まさか、絵師がほかの者にくれておったとはな。さあ、別の絵もみせてみよ」

「へえ」

生返事をすると、忠兵衛は西目の絵を手に取った。

あっと言う暇《ひま》もなく、びりっと裂いてみせる。

「なっ、何をするか」

「この世にあっちゃならねえものなんで」

驚愕《きょうがく》する西目を尻目に絵を細かく破き、仕舞いには紙吹雪《かみふぶき》にしてばらまく。

「……こ、この、狼藉者《ろうぜきもの》め」

西目は狼狽《ろうばい》しつつも、振りむいて刀架けに手を伸ばした。

だが、伸ばそうとした手が届かない。

「させねえよ」

西目の首には、三味線の硬い糸が絡まっている。

動けば自分の重みで、二重顎《にじゅうあご》に糸が食いこんだ。

「ぬぐ……く、苦しい」

座敷の片隅には、いつのまにか、棹銅が一本刺さっていた。

忠兵衛は糸を棹銅にひと巻きするや、糸を手にしたまま、擦《す》り足で床の間のほうまで取ってかえす。

糸がぴんと張り、棹銅に擦れて煙が立ちのぼった。

「ぬわっ」

首に糸の巻かれた西目のからだは畳を滑り、棹銅にぶつかって止まる。

両方の目玉はなかば飛びだし、口からは血泡を吐いていた。

すぐには死なず、充分に苦しみぬいた顔だ。

「腐れ外道め」
忠兵衛は廊下に出ると、後ろ手で静かに襖を閉めた。
じっと耳を澄《す》ませても、廊下を渡ってくる気配はない。
――くわっ。
三味線堀を飛びたった烏が、血の色に染まった空の彼方《かなた》へ去っていく。
はたして、これで帳尻は合ったのだろうか。
忠兵衛は庭に飛びおり、侘助を一輪摘んで髪に挿した。

十四

翌早朝。
はじめておこうをみたときのように、冷たい雨が降っている。
未申《ひつじさる》の方角にある北町奉行所の裏門は、頑《かたく》なに閉じたままだ。
左右をみても人影はない。
「あいにくの雨だったな」
忠兵衛は、朱色の蛇《じゃ》の目《め》をさしかけてやった。
かたわらの男は背を丸め、しきりに咳《せ》きこんでいる。

おこうの父、甚兵衛であった。

重い病を押して、裏長屋から出てきたのだ。

「無理をさせちまったか」

「いいえ、旦那にゃ感謝のしようもござんせん。莫迦なことをしでかした娘のために、こんなことまでしていただいて」

「おこうは莫迦じゃねえ。父親のおめえさんを、誰よりもでえじにおもっている」

病の父をひとり遺《のこ》して逝くわけにもいかず、四年前に無体《むたい》な目に遭《あ》っても舌を嚙まずに生きながらえた。積もり積もった恨みを晴らすべく出刃包丁を握ったものの、最後のところで惣吉を刺すことができなかったのだ。

甚兵衛もわかっている。

別離の淋しさから逃れるために、強がっているだけのはなしだ。

これから二年のあいだ、父と娘は離れて暮らさねばならぬ。

それが生きのびるための条件だった。

忠兵衛もできるだけのことはするつもりだが、甚兵衛のからだがいつまで保《も》つかはわからない。

「おこうがあの門から出てきたら、叱りつけてやりますよ」

「まあ、そう言うな」

「いいえ、父娘の縁を切るつもりだって、そう言ってやります。あっしはおこうの重荷なんでさあ。二年経ってもまだ生きのこっていた日にゃ、新しい苦労を背負いこませることになる。死にかけた父親のことなんざ忘れて、のびのびと生きりゃいい。そう言ってやりてえんで」

甚兵衛は、ふっと口を噤む。

喋っている途中で、裏門が開いたのだ。

小者たちに連れられて、おこうが出てきた。

縄目を解かれているのは、だぼ鯊の配慮だろう。

おこうは門番にお辞儀をし、こちらを振りかえる。

父親のすがたをみつけるや、石仏のように固まった。

「おとっつぁん」

「……お、おこう」

忠兵衛が背中を押してやると、甚兵衛は蹌踉《よろ》めくように歩きだす。

おこうは濡れ髪のまま、必死に駆けよってきた。

甚兵衛は手を差しのべたが、膝を屈してしまう。
おこうに抱きおこされたその顔は、涙でくしゃくしゃになっていた。
「待っているぜ、おこう、きっとおれは待っているぜ」
声を詰まらせながらも、同じ台詞《せりふ》を繰りかえす。
娘のほうはただ、父親をきつく抱きしめるだけだ。
後ろから蛇の目をさしかけてやると、おこうが涙に濡れた睫《まつげ》を瞬《また》いた。
「……お、おとっつぁんを、よろしくお頼みいたします」
娘の願いは声にならず、聞きとることもできない。
それでも、忠兵衛はうなずいてやった。
とことん面倒をみてやると、胸に誓ったのだ。
なるほど、二年は長い。
だが、ふたたび会える希望があれば、どんなことでも耐えられよう。
おこうは強い。耐えてみせるにちがいない。
別れのときがやってきた。
おこうは小者たちに促され、門のそばから離れていく。
何度も振りむき、父親のすがたを目に焼きつけていた。

甚兵衛は拳を固め、咳きこみながらも娘の名を呼びつづける。

「おこう、おこうよ……た、達者でな」

幼い娘を抱いたころの感触が蘇《よみがえ》り、悲しくてたまらないのだと訴えた。

おこうの六文銭は、忠兵衛の懐中にある。

ずっしりとした重みを感じながら、女がひとりで生きぬくことの厳しさを嚙みしめていた。

鈍刀《どんとう》

一

冬至《とうじ》を過ぎて寒《かん》の入りとなり、江戸に初雪が降った。

信州《しんしゅう》や越後《えちご》から「椋鳥《むくどり》」たちが大挙して出稼ぎにやってきて、武家の飯炊《めした》きや門番などの口を求めた。忠兵衛は武家の依頼で渡《わた》り中間《ちゅうげん》以外にも「椋鳥」たちを紹介しなければならず、それからひと月というもの、寝る間を惜しんで本業に精を出さねばならなかった。

おぶんの腹は順調に膨《ふく》らみ、信頼を置く医者の看立《みたて》では年明けの七草粥《ななくさがゆ》を食べるころには生まれてきそうだという。

嬉しさとともに不安が募《つの》り、飯が喉《のど》を通らぬ日もあった。

師走《しわす》十三日の煤払《すすはら》いも終わると、富岡八幡宮《とみがおかはちまんぐう》を皮切りに歳の市が立つ。

両国広小路はいつも以上の喧噪《けんそう》で、人の波を掻《か》きわけねば先へ進めぬほどだった。

忠兵衛はおぶんに頼まれ、小雪の舞うなか、正月の注連飾《しめかざ》りを買いにやってきた。商売繁盛を祈念《きねん》する熊手《くまで》だけは浅草寺《せんそうじ》の参道で求めるものの、細々《こまごま》とした正月用品は近いところで済ませる。

「さあ、買った買った」

香具師《やし》たちが、ここぞとばかりに煽《あお》ってきた。

師走の喧噪に身を置くと、急《せ》かされているようで息苦しくなる。

いつもは足を向けぬ大道芸に目を留めたのは、むさ苦しい浪人の間抜けな口上に興味を惹《ひ》かれたからだ。

「老若男女の皆々さま、揃《そろ》っておいでなされませ。天下にふたつとない口中磨《こうちゆうみが》き粉《こ》でござる。嘘《うそ》だとお思いなら、拙者の歯をご覧あれ。いかがかな、百目蠟燭《ひやくめろうそく》のごとき白い歯でござろう」

浪人は前歯を剝《む》きだし、周囲にみせる。

なるほど、白い。

歯の白さよりも、みる者を和《なご》ませる親しみやすい顔つきに惹かれ、忠兵衛は近寄っていった。

ほかに見物人はいない。

立ちどまった幼子は、母親に手を引かれて居なくなる。

「詮方《せんかた》あるまい。奥の手をご覧に入れよう」

浪人はめげずに袖口《そでぐち》から黒い布を取りだすや、目隠しをしはじめた。

さらに、指で摘まんだ小豆《あずき》を一粒、これみよがしに高々と翳《かざ》す。

「居合抜きの妙技にござる。このとおり目隠しをしたまま、宙に放った小豆をふたつにして進ぜよう。とくとご覧あれ」

何人かの客が足を止めた。

「されば、まいる」

浪人は袖を振り、小豆を宙高く放った。

「はっ」

前屈《まえかが》みに腰の刀を抜き、見事な手さばきで納刀する。

——ちん。

鍔鳴《つばな》りが響くと同時に、小豆は落ちた。

踏みかためられた雪の上だ。

落ちた途端、ふたつになる。

「お見事」

小柄な男が手を叩いた。

つられて何人かが手を叩く。

洟垂《はなた》れ小僧《こぞう》は目を輝かしている。

しかし、忠兵衛は見抜いていた。

小豆には細工がほどこされている。

あらかじめふたつにしてあり、落ちた衝撃で割れるようにできているのだ。

抜刀術《ばっとうじゅつ》の見事さはみとめるが、いくら何でも目隠しをしたままで小豆をまっぷたつにできるはずはない。

浪人は目隠しを外し、小豆を拾って呑《の》みこんだ。

「さあ、いかがかな。この磨き粉、ひと袋でたったの二百文にござる」

誰ひとり買う者はいない。

そもそも、歳の市とはそぐわぬ商品なのだ。

浪人は淋しげな背中をみせ、片付けをはじめる。

そこへ、小柄な男が近づいていった。

さきほど、まっさきに手を叩いた男だ。

どうやら、浪人を雇って芸をさせた行商《ぎょうしょう》らしかった。
「旦那、そいつは返《け》えしてもらいやすよ」
そう言って、刀を鞘《さや》ごと取りあげてしまう。
借り物なのだ。
浪人の刀は別にあった。
黒鞘の塗りが剝《は》げた粗末な拵《こしら》えの刀だ。
「すまねえが、旦那にゃ辞めてもらう」
行商にきっぱり言われ、浪人は項垂《うなだ》れる。
忠兵衛は見過ごせず、しばらく様子を窺《うかが》った。
行商が去ると、浪人は腹を空かせた野良犬のようにとぼとぼ歩きだす。
忠兵衛は少し間を開けつつ、背中を追った。
野良犬は米沢町《よねざわちょう》の露地を抜け、薬研堀《やげんぼり》のほうへ向かう。
堀のそばに、小汚い一膳飯屋《いちぜんめしや》があった。
昼餉《ひるげ》の頃合いなので、人足風《にんそくふう》の連中が暖簾《のれん》を分けてはいっていく。
浪人は恨めしそうにみつめ、溜息《ためいき》を吐《つ》きながら踵《きびす》を返した。
すかさず、忠兵衛が近づいた。

「おっとすまねえ、居合抜きの旦那。小豆をまっぷたつにしたお手並み、拝見しやしたよ」

「おぬしは」

「神田で口入屋をやっている忠兵衛って者です」

「口入屋か」

「稼ぎ先をお探しなら紹介しやすぜ。旦那ほどの力量なら、雇ってくれるところはいくらでもある。磨き粉売りなんぞより、割のいい口にありつけるってもんだ」

「それはありがたい」

浪人は言ったそばから、ぐうっと腹の虫を鳴らす。

年は四十の手前あたりか。

情けなく笑う顔をみていると、益々、放っておけなくなる。

「よろしけりゃ、今からあっしの家に来やせんか」

忠兵衛が水を向けると、浪人は遠慮がちに従《つ》いてきた。

「拙者、荒岩三十郎《あらいわさんじゅうろう》と申す。生まれは奥州《おうしゅう》でな、どこもかしこも飢饉《ききん》のせいで食い物すらまともにない。江戸に出てくれば少しはましな暮らしができるとおもうたが、甘すぎたようだわ」

ほどなくして、馬ノ鞍横町へ戻ってきた。

「お帰り。おまえさん、昼餉ができているよ」

身重のおぶんがあらわれ、荒岩に気づく。

「おや、お客人かい」

「居合抜きの荒岩さまだ。こちらにも膳を出して差しあげな」

「あいよ」

おぶんが勝手に引っこむと、荒岩が囁《ささや》きかけてきた。

「おめでたのようだな」

「へへ、まあそういうこって」

「江戸に出てきて、はじめてめぐりあえた幸運かもしれぬ」

「大袈裟《おおげさ》なことを仰《おつしや》る」

気を遣《つか》う客間ではなく、帳場の脇に膳をしつらえた。

蜆《しじみ》の味噌汁《みそしる》が湯気を立てている。

香の物を除けば、おかずは一品しかない。

「鰯《いわし》の佃煮《つくだに》ですよ」

と、おぶんが自慢げに言った。

「あたしらは鈍刀煮《どんとうに》って呼んでいます。ごはんに塗《まぶ》して茶漬けにしても美味《おい》しいんですよ」

ごくっと、荒岩は生唾《なまつば》を呑みこむ。

何をおもったか、かたわらに置いた刀を拾い、抜こうとしてみせた。

――ずり、ずり。

なかなか、抜けない。

ようやく半分抜けた本身は光っておらず、錆《さ》びていた。

「ご覧のとおり、赤鰯《あかいわし》にござる。鈍刀と聞いて、親しみが湧《わ》きましてな。いや、お恥ずかしいものをおみせした。されば、さっそく」

荒岩は味噌汁をずるっと啜《すす》り、眉《まゆ》を八の字にさげる。

そして、鈍刀煮といっしょに、冷めたごはんを口に入れた。

「……う、美味《うま》い。涙が出るほど美味うござる」

ほんとうに涙ぐんでみせるので、おぶんも貰い泣きしてしまう。

「さぞや、ご苦労を重ねてこられたのでしょうねえ」

一方、忠兵衛は蜆の殻を箸《はし》で除《の》け、味噌汁をごはんにぶっかけた。

「それもよかろう」

荒岩はつぶやきながら一膳目を平《たい》らげ、遠慮がちに茶碗を差しだす。

「ご新造《しんぞ》、お代わりをいただけぬか」

「お安いご用ですよ」

お代わりがきた。

二膳目は茶漬けにし、真っ赤な顔で一気にかっこむ。

「ご家族は、おいでなのですか」

おぶんの屈託《くったく》のない問いかけに、荒岩は口端《くちは》に米粒をつけながら「妻と十一の娘がおり申す」と応じた。

妻子のことをおもいだしたのか、急に悲しい顔になる。

「恥を顧《かえり》みずに申せば、拙者は金子《きんす》が欲しい。もはや、禄《ろく》は望まぬ。どこぞの藩へ仕官しようなどと、夢をみるのは疾《と》うにやめた。妻子と三人で食べていけるだけでよい。それだけの金子が欲しいのでござる」

切羽詰《せっぱつ》まった物言いに、胸を衝《つ》かれるおもいがした。

おぶんもえらく心を動かされたようで、土産《みやげ》に鈍刀煮をどっさり持たせてやる。

荒岩は妻子とともに、多田薬師《ただのやくし》の裏手に貼りつく本所番場町《ほんじょばんばまち》の裏長屋に住んでいるという。忠兵衛は稼ぎの口をみつけておくので、明日の午後にまた訪ねてほしいと告げた。

じつは、聞いてみたいことがひとつあった。

が、今日のところはやめておこう。

初対面の相手に「人を斬ったことがあるか」などと聞けるわけがない。

赤鰯の本身をみせられたにもかかわらず、帳尻屋の仕事を頼める相手かどうか、見極めたい衝動に駆られたのだ。

あいかわらず、江戸には悪党が蔓延《はびこ》っている。

すべての悪党を始末しようとおもえば、人手がいくらあっても足りない。

柳左近と琴引又四郎だけに負担を押しつけるわけにもいかなかった。

いっそのこと、帳尻屋などやめてしまえばよいのかもしれない。

子もできることだし、このあたりが潮時《しおどき》だともおもう。

だが、踏んぎりがつかない。

弱い者が虐《しいた》げられているのを見過ごすことはできなかった。

おのれの力でどうにかできるものならば、身代わりになって悪党を懲《こ》らしめてやりたい。

帳尻屋をつづけていく以上、腕と志《こころざし》のある侍を探しださねばならぬ。

ひょっとしたら、荒岩ならば仲間になってくれるかもしれない。

そんな予感がはたらいたのだ。

二

翌日、忠兵衛は店に左近を呼びよせた。

自分の眼力が確かかどうか、左近に試してもらおうと考えた。

もちろん、剣術の力量を試すのである。

左近の修《おさ》めた雲弘流は、針《はり》ケ谷《がや》夕雲《せきうん》の興《おこ》した無住心剣術《むじゅうしんけんじゅつ》の流れを汲《く》む。天下無双と称される夕雲が理想に掲《かか》げた剣理は、実力の伯仲《はくちゅう》する者同士が無駄に打ちあわず、どちらからともなく刀を納める「相抜《あいぬ》け」であった。

はたして、みずからを「赤鰯」と蔑《さげす》む荒岩が「相抜け」のできる剣客なのかどうか、忠兵衛の無理な願いを、左近は涼しい顔で聞きいれてくれた。

今日は日和《ひより》に恵まれたので、おぶんは知りあいのところへ出掛けている。

忠兵衛が丸火鉢で手を焙《あぶ》っていると、荒岩が刻限どおりにやってきた。

遠慮がちに敷居をまたぎ、帳場に座った忠兵衛のすがたを探す。

戸陰に隠れていた左近が、心張棒《しんばりぼう》の先端をすっと差しだした。

除《よ》けねば、頰《ほお》を突かれている。

除けた気配もないのに、心張棒は荒岩の鼻先を通りすぎた。

「お見事」

左近はひとこと漏らし、一歩退《さ》がってお辞儀をする。

荒岩もお辞儀をしつつも、眉間《みけん》に皺《しわ》を寄せた。

忠兵衛が笑いながら、すっと立ちあがる。

「荒岩さま、そちらは柳左近さまと仰り、手前が一番信頼を置くお方です。雲弘流の免状《めんじよう》をお持ちでしてね」

「ほほう、雲弘流と申せば相抜けにござるか」

「さよう」

と、左近がめずらしく応じてみせた。

「失礼ながら、荒岩どのは何処《いずこ》の流派をお修めなされたのか」

「修めたというほどのものはござらぬが、伯耆流《ほうきりゆう》を少々」

「なるほど、居合に長じておられたか。されば、またいずれ」

「かしこまり申した」

左近は忠兵衛に挨拶《あいさつ》もせず、そそくさと居なくなってしまう。

いずれにしろ、荒岩が見込みどおりの剣客であることはわかった。

「今からごいっしょいただくさきで、剣術の腕が必要になるかもしれやせん。それで、ちょいと試させていただきやした。どうか、お許しを」

忠兵衛が頭を下げると、荒岩は逆に恐縮してみせる。

「拙者なんぞ、柳どのの足許《あしもと》にも及びますまい。それでもよろしければ、同道つかまつろう」

「ありがてえこって。されど、これからやっていただく仕事は、けっして甘えもんじゃねえ。有《あ》り体《てい》に言えば、借銭乞《しゃくせんこ》いでやんす。下谷にある愉楽寺《ゆらくじ》の住職から頼まれた貸し金の取立でやしてね、へへ、うちは武家屋敷専門の口入屋だが、昨今はそれだけじゃ食っていけねえ。寺の頼みなんかも請けおいやす。借銭乞いは稼ぎがいい。その代わり、ちょいと気が滅入《めい》るかもしれやせん。お嫌ならそう仰っていただければ、また別の口を探しやす」

「贅沢は言っておられぬ。何処《どこ》へなりとでも連れていってくれ」

「頼もしいおことばで。では、これを」

忠兵衛は用意しておいた刀を、鞘ごと荒岩に手渡す。

「質流れの同田貫《どうだぬき》でやんすよ。赤鰯じゃ、さまにならねえでしょう」

「よいのか」

「ええ、どうぞ」

荒岩は本身を抜きもせず、腰帯に差した鈍刀《なまくら》と交換する。

「ほんじゃ、めえりやしょう」

「ふむ」

まず向かったのは、大路《おおじ》を渡って少し行った竪大工町《たてだいくちょう》の長屋だった。

表店《おもてだな》のひとつに、弁蔵《べんぞう》という大工が住んでいる。

「腕はいいのに、酒と博打《ばくち》が大好きで、稼いだ金をぜんぶそっちで吸いとられるもんだから、とうとう女房に逃げられちまった」

「その男から金を巻きあげるのか」

「巻きあげるんじゃござんせんよ。貸した金を返えしてもらうだけのはなしで。昨日が督促《とくそく》の期限で一日待ったが、おもったとおり、返えしに来なかった。このまま甘い顔をしてたら舐《な》められる。そうならねえためには、がつんとやるっきゃねえ」

「がつんとか」

「へえ、がつんとでやす」

忠兵衛は何度か通ったことのある長屋へ向かい、辻陰から表店の様子を窺った。

「いるいる。ほら、戸が半分開いておりやしょう。あれは酒屋の丁稚《でっち》が留守だとおもって踵を返えさねえようにっていう配慮でしてね」

「ふうん、隙間風がはいって寒かろうな」

「冷えたからだを酒で暖めていやがるんですよ。さあ、めえりやしょう」

「待ってくれ。拙者はどうすれば」

「先生とお呼びしたら、刀を抜いてくだせえ」

「抜くだけでよいなら、言うとおりにしよう」

忠兵衛がさきに立ち、まっすぐ表店へ向かう。

なかば開いた戸を乱暴に開け、敷居をまたいだ。

「ごめんよ、邪魔するぜ」

弁蔵とおぼしき大工は土間に胡座《あぐら》を掻《か》き、五合徳利《ごごうどくり》をかたむけている。

「昼の日中から酒かい。いいご身分だぜ」

「何だ、おめえは」

「祠堂金《しどうきん》の取立だよ。利息も入れて、ちょうど三十両だ。さあ、耳を揃えて返えしな」

「うるせえ。一昨日《おととい》来やがれってんだ」

「おっと、そうきたか。おめえは利息も払わねえ太《ふて》え野郎だ。おまけに、女房と娘を廓《くるわ》に売ろうとまでしやがった。許しちゃおけねえんだよ」

「ねえ袖は振れねえ。んなこともわからねえのか」

「金がねえなら、道具を貰っていくぜ」

忠兵衛は素早く身を寄せ、部屋の隅から大工の道具箱を奪いとる。

「待て。そいつを持っていかれたら、おまんまの食いあげだ」

「うるせえ、ろくにはたらかねえ野郎がほざくんじゃねえ」

背中を向けると、弁蔵が立ちあがる。

震える手には、鑿《のみ》を握っていた。

「ほう、そいつで刺そうってのか」

「道具を返えせ」

「嫌だね」

と言いつつ、忠兵衛は外で待っていた荒岩に合図を送る。

「先生、お願えしやす」

荒岩は踏みこんでくるなり、片足を上《あ》がり端《ばな》にどんと置いた。

――しゅっ。

抜いてみせる。

白刃《はくじん》の切っ先は、弁蔵の鼻面《はなづら》を薄皮一枚削《そ》いでいた。

「ひぇっ」

弁蔵は尻餅《しりもち》をつき、箪笥《たんす》のほうまで這《は》っていく。

抽斗《ひきだし》を開けて奥から箱を出し、だいじそうに抱えてきた。

「……こ、ここに虎の子の十両がある。これで勘弁してくれ」

荒岩は身を退《ひ》き、刀を鞘に納める。

「ま、しょうがねえか」

忠兵衛は箱を拾い、蓋《ふた》を取って中味を確かめた。

背中を向けて外へ出ると、呑んだくれの大工が悔しまぎれに喚《わめ》きちらす。

「くそったれの蛆虫《うじむし》どもめ、肥溜《こえだ》めに落ちて死んじまえ」

悪態を背中で聞きながら、忠兵衛は歩きだす。

ふたりがつぎに向かったのは、不忍池そばの池之端仲町だった。参詣客《さんけいきゃく》も大勢立ちよる池沿いの道に『甲州屋《こうしゅうや》』という袋物屋《ふくろものや》がある。

忠兵衛は躊躇《ちゅうちょ》することもなく、敷居をまたいでいった。

活気のある店のなかをみまわすと、こちらに気づいた番頭が帳場格子《ちょうばごうし》に身を隠す。

「ふふ、莫迦《ばか》め、それで隠れたつもりか。ちょいと番頭さん、喜一《きいち》さん」

軽い調子で声を掛けると、番頭が今気づいたような顔で立ちあがった。

小走りに近づき、渋面《じゅうめん》で囁きかけてくる。

「忠兵衛さん、店に来られちゃ迷惑ですよ」

「おっと、ご挨拶だな。おめえさんが借りた五十両は、信心深え愉楽寺の檀家《だんか》衆《しゅう》が納めた勧進金《かんじんきん》だ。おめえさんたちが返えす利息は、古い祠堂を衣更《ころもが》えするために使われる。ところが、そんなありがてえ祠堂金を借りっぱなしで返えさねえ輩《やから》もいる。しかも、若え妾《めかけ》を囲うために借りた金をだぜ。へへ、そんなやつは罰《ばち》が当たるに決まってる。なあ、そうだろう」

番頭は両耳をふさぎ、急いで草履《ぞうり》を引っかけると、店の脇道へ逃げていった。

忠兵衛と荒岩が追いかける。

「逃げても無駄だぜ」

ふたりで追いつめると、番頭は屈みこんだ。

「堪忍《かんにん》してくれ。返す金はないんだ」

「ほうかい、なら、仕方ねえ。先生、ばっさり殺《や》っておくんなさい」

「承知した」

荒岩は阿吽《あうん》の呼吸で抜刀し、冷たい白刃の平地《ひらじ》で番頭の頬を撫《な》でてやる。

忠兵衛が言った。

「死ぬのが嫌なら、帳場の金をくすねてでも返えせ。ほら、行け」

追いたてると、番頭は独楽鼠《こまねずみ》のように戻っていく。

そして、しばらく待っていると、五十両耳を揃えて持ってきた。

「やりゃできんじゃねえか。これからは身の丈の暮らしをするんだな」

番頭は返事もせず、逃げるように去っていく。

「見事なものだ」

しきりに感心する荒岩に向かって、忠兵衛はにっこり笑いかけた。

「今日はすんなりいきやした。旦那のおかげでやすよ」

感謝しつつ、荒岩の手に小判一枚と一分金《いちぶきん》二枚を握らせてやる。

「えっ……こ、これは何だ」

「取り分でござんすよ。祠堂金を回収したら、報酬は一割と定められておりやす。報酬の半分はこの仕事をまわしてくれた内与力のものになりやすが、半分はあっしの手取りになりやす。今日は六十両回収したから報酬の半分は三両、そのうちの半分は旦那の取り分ということで」

「貰いすぎではないのか」

「遠慮はいりやせん。一日まわって一銭も回収できねえ日もありやすしね。ともあれ、これが旦那にやってもらう仕事でやすが、いかがです。お嫌なら、ほかの口を探しやすぜ」

「とんでもない。二度抜いただけで一両二分も貰えるのだからな。忠兵衛どの、このとおりだ、礼のしようもござらぬ」

「やめてくださいよ。さあ、お顔をあげて」

気づいてみれば、夕陽が大きくかたむいていた。

「どうしやす。あっしの奢《おご》りで一杯行きやせんか」

忠兵衛に誘われ、荒岩は困ったように頭を搔いた。

「せっかくお誘いいただいて申し訳ないが、妻と娘が待っておるので帰らねばならぬ」

「おっとそうでやしたね。これは気が利かずに申し訳ありやせん」

「すまぬ。今度は是非」

「こちらこそ、お願いしやすよ」

ふたりは挨拶を交《か》わし、下谷広小路で別れた。

荒岩は浅草寺のほうへ去っていく。

吾妻橋《あずまばし》を渡って、妻子の待つ長屋へ帰るのだろう。

忠兵衛はしばらく佇《たたず》み、頼り甲斐《がい》のある侍の後ろ姿を見送った。

酒も呑んでいないのに、何となく足取りがおぼつかないようにみえる。

「気のせいか」

首を横に振り、広小路を南に向かって歩きはじめた。

三日後にはまた、祠堂金の回収で市中をまわらねばならない。

今後は荒岩がひとりでできるように、依頼元の愉楽寺へ連れていこうと、忠兵衛はおもった。

三

寛永寺北東の坂本門《さかもともん》を背にしつつ、浅草寺へまっすぐ向かう通りを進むと、武家地と寺に挟まれた山伏町《やまぶしちょう》にいたる。

だぼ鯊《はぜ》を介して祠堂金の回収を依頼してきた愉楽寺は、山伏町にある尼寺《あまでら》だった。

住職は妙蓮《みょうれん》という尼僧《にそう》で、齢《よわい》はよくわからない。上品さのなかに妖艶《ようえん》さを漂わせ、身も心も法悦《ほうえつ》に浸《ひた》りたいと帰依《きえ》する者は後を絶《た》たないという。

胡散臭《うさんくさ》いはなしだと、忠兵衛はおもっていた。ところが、妙蓮にはじめて会ったとき、魂《たましい》を高みへ吸いとられたようになった。

「まさに、夢見心地とはこのことでやしてね、つい罰当たりなことを考えちまうんでやすよ」

「それは楽しみだな」

荒岩も興味津々《しんしん》である。

みるからに快活《かいかつ》そうで、最初に会ったときにくらべれば別人のようだ。

ふたりは宿坊《しゅくぼう》を訪ね、すがたをみせた寺男に案内《あない》を請《こ》うた。

目途《もくと》は回収できた祠堂金を届けることと、荒岩を引きあわせることだ。

しばらく待たされたあと、本堂の奥にある座敷へ案内された。

壁に飾られた扁額《へんがく》には「只管打座《しかんたざ》」という道元禅師《どうげんぜんじ》のことばが墨書《すみが》きしてある。

ひたすら座禅《ざぜん》を組んで煩悩《ぼんのう》を振りはらう。尼寺にはそぐわぬ硬派な方針を、どうやら荒岩は気に入ったらしい。

妙蓮は沈香《じんこう》の馥郁《ふくいく》とした薫《かお》りとともにあらわれた。

袈裟《けさ》に焚《た》きこまれているのか、袖を振って座っただけで恍惚《こうこつ》となってしまう。

それにしても、今日はいつにもまして美しい。

ことに白磁《はくじ》のような肌の艶《つや》は、錦絵《にしきえ》に描かれた小町娘もかなうまい。

触れることの禁じられた尼僧ゆえに、いっそう愛《いと》おしさが募るのだろう。

もちろん、忠兵衛は全身全霊をかけておぶんを慈《いつく》しむつもりだが、美しいものに惹かれる気持ちはどうしようもないことだ。

しばし見惚《みほ》れていると、妙蓮が「こほっ」と空咳《からせき》を放った。

「忠兵衛どの、そちらのお武家をご紹介くだされ」

「あっ、これはどうも、あっしとしたことが。こちらは荒岩三十郎さま、少しまえから手伝っていただいておりやす」

「さようでございますか。失礼ですが、お顔が拙僧の彫った微笑仏《びしょうぶつ》によく似ておられます。きっと、行いのよいお方なのでございましょう」

「滅相《めっそう》もない」

と、荒岩が応じた。

「お見掛けどおりの食いつめ浪人にございます」

「まあ、正直なお方であられますなあ。正直者には功徳《くどく》がございますよ」

手伝いの者が茶を淹《い》れてきた。

茶菓子は落雁《らくがん》だ。禅寺《ぜんでら》としては最上のもてなしである。

忠兵衛は乾いた唇を茶で濡らし、さっそく回収した六十両を差しだした。

「大工の弁蔵から、あと二十両ほど取りもどさねばなりやせんが、今日のところはこんな感じで」

「さすが、長岡玄蕃さまの秘蔵っ子だけあって、きっちり回収してまいられる。助かります。おかげさまで伽藍《がらん》の雨漏りも修理できますので、御仏もきっとお喜びになられましょう」

「だぼ鯊……いえ、長岡さまには帳面をおみせしときます。大晦日《おおつごもり》までに半季分の手間賃を支払いいただければと」

「かしこまりました。そのように手配しておきましょう。ところで、早急にお願いしたい貸し先がござりましてね、お願いできましょうか」

「もちろんでござります。そのためにこうして、荒岩さまもお連れした次第で。そうはみえねえかもしれやせんが、荒岩さまは居合抜きの達人であられやす」

「それを聞いて安堵《あんど》いたしました。行っていただくのは、お武家なのです。しかも、三筋町《みすじまち》にある大御番組《おおごばんぐみ》のお方で、檀家なものでお断りもできず、じつは百両の返済が三月《みつき》も滞《とどこお》っております」

「それは困りやしたねえ」

と応じたものの、正直なところ、請けたいはなしではない。

「柿内半太夫《かきうちはんだゆう》さまと仰います。お父上のご逝去《せいきょ》にともない、ついさきごろ、家督《かとく》とお役目をお継ぎになられました。大御番組へのご推挙をお願いするにあたって、上役の方々へお礼をせねばならず、そのための出費がかさんだらしいのですが、どうやら、お金の使い道はそればかりでなく」

と言い、妙蓮はことばを切った。

冷めた茶を口にふくんでから、ふたたび喋《しゃべ》りはじめる。

「噂《うわさ》によれば旅先で美人局《つつもたせ》に遭《あ》い、身ぐるみを剝がされてしまったのだとか。それが真実であれば、同情の余地はありませぬ」

「たしかに」

「されど、急ぐ理由はほかにござります。どうやら、祠堂金荒らしの手が伸びておるようで」

「祠堂金荒らしでごぜえやすか」

侍株を担保に高利の金を貸しつけ、返せなくなったら侍株を買いとって売りはらう。

荒っぽい手口を使う、横紙破《よこがみやぶ》りの高利貸しがいるという。

そうした連中のことは、忠兵衛も耳にしたことはあった。

「噂がまことならば、柿内さまは侍を捨てねばならぬことになるやも。そうなれば、百両も回収できなくなります」

「善は急げというはなしでやすね」

「忠兵衛どの、ひとつお願いできましょうか」

潤《うる》んだ眸子《まなこ》でみつめられ、忠兵衛は木偶人形《でくにんぎょう》のようにうなずいた。

一方、荒岩はいたって冷静で、軽く溜息を吐いてみせる。

「やり方はお任せいたします。百両戻していただければ、いつもより手間賃もはずみますよ」

何やら、仏に仕《つか》える尼僧ではなく、算盤勘定《そろばんかんじょう》に長《た》けた商家の内儀《ないぎ》とはなしているような錯覚《さっかく》をおぼえる。

忠兵衛は暇《いとま》を告げ、寒風の吹きぬける本堂をあとにした。

四

忠兵衛は荒岩とともに、浅草の三筋町へ向かった。

三味線堀から蔵前に向かう途中、新堀川《しんぼりがわ》の手前にある。

手前から大御番組西ノ町《にしのまち》、同仲ノ町《なかのまち》、御書院番組東ノ町《ごしょいんばんぐみひがしのまち》というのだが、南北に三筋の道が走っているので三筋町と俗称される。

三筋に沿って並ぶのは、千代田城《ちよだじょう》の本丸を守る番方《ばんかた》の屋敷だ。

町人風情《ふぜい》がうっかり足を踏みいれるところではなかった。

下手《へた》をすれば白刃を抜かれかねず、槍《やり》でひと突きにされても文句は言えない。

さすがの忠兵衛も二の足を踏んだ。

まんなかの道をはいって南から二軒目の右手、柿内半太夫の家はわかっている。

「とりあえずは、向かってみやすか」

今日は非番だと調べもつけたので、本人が自邸でくつろいでいる公算は大きい。

道を曲がって訪ねてみると、冠木門《かぶきもん》の外に風体《ふうてい》の怪しい連中が立っていた。

「ほう、先客かい」

妙蓮がはなしていた連中かもしれない。

どう眺《なが》めても借銭乞いにしかみえぬ意地汚そうな男が、悪党面の浪人者をしたがえている。

「まるで、鏡に映《うつ》してみておるようだな」

と、荒岩が苦笑する。

自分たちも貸した金を回収しにきたのだと、忠兵衛は今さらながらに気づかされた。

あんな連中といっしょにされたかねえというおもいが、足取りを重くさせる。

先着している連中は冠木門を挟んで、若妻らしき相手と押し問答をしていた。

「ですから、柿内はおりませぬゆえ、何を申されてもわかりかねます」

妻女《さいじょ》が困惑顔で訴えても、借銭乞いは容易に引きさがらない。

「そとばの伊平《いへい》を舐めてもらっちゃ困る。こちとら、丁稚小僧の使いじゃねえんだ。ご本尊が隠れてんのは先刻承知之助なんだよ。何なら、近所じゅうに触れてまわろうか。柿内半太夫は幸手《さつて》宿《じゆく》の宿《しゆく》場《ば》女郎《じよろう》に騙《だま》され、身ぐるみぜんぶ剝がされましたとな」

「後生《ごしよう》です、おやめください」

「おれの口をふさぎてえなら、貸した三十両、耳を揃えて返えしな」

「そんな。借りたのは十両のはずですが」

「三月も経《た》てば利子が乗っかる。あんたの亭主が借りたな、月踊《つきおど》りって言ってな、利息がもれなく倍になる貸金なんだよ」

「そんなこと言われても、わかりかねます」

「おめえさんじゃ、はなしにならねえ。早く亭主を出せっつうの」

武家の妻女相手にあれほど高飛車《たかびしや》な態度をとるとは、なかなか胆《きも》の据《す》わった悪党だ。

「しばらく様子見といくか」

忠兵衛が尻込みを決めこむと、荒岩が何も言わずに大股で歩きだした。

「あっ、旦那」

呼びかけても止まらず、どんどんさきへ行ってしまう。

仕方なく小走りに追っていくと、悪党どもに気づかれた。

そとばの伊平と名乗る男が、凄みを利かせて顎《あご》をしゃくる。

「何だおめえらは」

荒岩が問いかえした。

「おぬしら、高利貸しの手先か」

「だから、おめえらは何だと聞いてんだよ」

後ろから目つきの鋭い浪人も押しだしてくる。

刀に手を掛けられても、荒岩はいっこうに怯《ひる》まない。

忠兵衛が割ってはいった。

「そとばの伊平さんとやら、まあ落ちついてくれ。こっちは祠堂金の取立だ。ちゃんと町奉行所の後ろ盾もある」

下手《したて》に出ると、相手も牙《きば》を引っこめた。

「なるほど、そっちはまっとうな取立で、こっちは御法度《ごはっと》に触れると、そう言いてえわけだな」

「見掛けによらず、ものわかりのいい兄さんだな。仰るとおりさ。申し訳ねえが、こっちの取立が終わるまで静かにしててくんねえか」

「そとばの伊平を脅《おど》す気か。ふふ、いい度胸をしていやがる。おめえ、名は」

「蛙屋忠兵衛さ」

「何処の忠兵衛だって」

「馬ノ鞍横町で口入屋をやってらあ。逃げも隠れもしねえから、文句があんなら訪ねてきな」

「ああ、わかった。今日のところは退散してやる。でもな、この借りは返えしてもらうぜ。あとで吠《ほ》え面《づら》をかくなよ」

捨《す》て台詞《ぜりふ》を残し、伊平と浪人は去っていく。

妻女は門の向こうで、置き去りにされたように佇んでいた。

「さてと、こっちの番だ」

忠兵衛が向きなおると、妻女は頰を赤く染めた。

近くで眺めると、おもったよりも若々しい。

嫁《とつ》いでさほど年数も経っておらず、世間慣れしていないような初々《ういうい》しさがあった。

「困ったな。さっきの小悪党じゃねえが、奥方じゃはなしにならねえ」

その台詞が届いたのか、玄関から主人らしき若侍が顔をみせた。

忠兵衛たちをみつけて隠れたので、大きな声で呼びつけてやる。

「愉楽寺からめえりやした。柿内半太夫さま、お顔をみせておくんなさい」

すかさず、荒岩も叱《しか》りつけた。

「武士ならば、正々堂々と出てまいれ。いつまでご妻女に恥ずかしいまねをさせておるのだ。ほら、早うせい」

宿借《やどか》りが貝殻から這いでるように、柿内が蒼白《そうはく》な顔でやってきた。

月代《さかやき》を蒼々《あおあお》と剃《そ》った気の弱そうな若侍だ。毅然《きぜん》とした番方の印象とはほど遠い。

荒岩は眸子を細め、声の調子を落とした。

「柿内半太夫どのか。拙者は荒岩三十郎と申す。おぬし、まことに檀那寺《だんなでら》から百両もの金子を借りたのか」

「……は、はい」

「どうしてかな、理由をはなしてはくれぬか」

「申すまでもなく、柿内家を残すためにでございます。柿内家の家格《かかく》を守るためには、番方のお役に就《つ》かねばなりませぬ。お役に就くためには、上役の方々への接待や手土産に金を惜しみなく使わねばなりませぬ。それゆえ、借りたくもない祠堂金を借りたのでございます」

「祠堂金では足りず、さきほどの連中から高利の金を借りたのか」

「ほかに事情があって、元鳥越町《もととりごえちょう》の柏屋段左衛門《かしわやだんざえもん》から十両を借りました」

「事情とは」

柿内は新妻《にいづま》のほうにちらりと目をやり、あきらめたように漏らす。

「美人局にござります」

上役に従いて日光御成街道《にっこうおなりかいどう》の視察におもむいた折、幸手宿で一夜の宿を求めた。江戸表を離れた気楽さも手伝って、その晩は上役と酒盛りになった。たいして呑めぬ酒を呑みすぎて正体を失い、明け方目を覚ましてみると同じ褥《しとね》に全裸の女が寝ていたのだという。

「宿場女郎でした。小銭を払って女を帰そうとしたところへ、女の夫と名乗る男が躍《おど》りこんでまいりました。女房を寝取ったなと脅しつけ、上役に告げ口されたくなければ十両払えと申します。手持ちは二両しかございませぬ。冷静な頭がはたらかず、あとは江戸へ戻ってから工面すると申しますと、男は元鳥越町の柏屋で十両借りれば何もなかったことにすると申しました」

「そんな戯れ言《ざれごと》を信じたのか」

「十両を借りさえすれば、悪夢はただの夢になる。そう信じて、男の言うとおりにしてしまいました。騙されたと気づいたときは後の祭り、借金は三月も経たぬあいだに三倍にまで膨らみ、八方ふさがりになりました」

唯一の救いは、妻女に包み隠さずすべてを告白したことだ。

ただし、恥を晒《さら》すわけにはいかぬので、妻女の実家を頼ることはできなかった。無論、町奉行所に訴えることもできない。御法度の金を借りた罪に問われ、御役御免《おやくごめん》になるかもしれぬからだ。

「相談できるお方もおらず、途方に暮れております」

「情けないのう。おぬし、それでも徳川《とくがわ》家の大御番か」

「正直なことを申せば、それがしは番方に向いておりませぬ。さらに申せば、侍に向いておらぬのかもしれませぬ」

母を早くに亡くし、父に厳しく育てられたが、幼いころから剣術はからっきしで、算盤を弾《はじ》くほうが性に合っていた。

「大御番として立派にお勤めを果たした父のあとを継ぐには、ひ弱すぎたのでございます」

「それでも、おぬしは父御《ててご》を亡くされてから、何とかお役に就こうと必死に努力したではないか」

「家を潰《つぶ》すなというのが、父の遺言でございましたから」

不運な家に嫁いできた妻も必死に支えてくれたが、役に就くためには並大抵の努力では届かない。父の遺《のこ》した信用を担保に、檀那寺から百両もの借金をした。おかげで役に就くこともでき、当面はどうにかなったものの、先々のことをおもうと不安の募る日々だった。そうした矢先、出先の宿場で美人局に遭うという失態をしでかしてしまったのだという。

「妻の千里《ちさと》は、こんなわたしを見放しませんでした。許せぬとあれば三行半《みくだりはん》でも何でも書くと告げたところ、夫婦は一心同体のものゆえ、けっして出ていかぬと言ってくれたのでございます」

「殊勝《しゅしょう》よの。好《よ》い伴侶《はんりょ》に恵まれたではないか」

「されど、借銭乞いは毎日のようにやってまいります。ご近所の目もございますし、いっそのこと連中の言いなりになろうかと」

「言いなりとは」

「株を売って借金を返済するのでござる」

「幕臣を辞めると申すのか」

「もともと、向いておらぬのです」

荒岩は眉間に皺を寄せた。

「わしをみよ。奥州の小藩に仕えておったが、とある事情から意地を張り、禄を召しあげられた。なれの果てが借銭乞いだ。おぬしはまだ恵まれておる。御役御免を申しわたされたわけでもあるまい。みずから辞めるなどと、ふざけたことを抜かすな。石に囓《かじ》りついてでも、お役目を辞《じ》してはならぬぞ」

「……は、はい」

「よし、わかればよい」

荒岩は微笑《ほほえ》み、意外な台詞を吐く。

「こちらの忠兵衛どのとも相談して、わるいようにはせぬゆえ、早まったことは考えるな。よいか、ここが怺《こら》えどころじゃ。おぬしはまだ若い。若い時分の苦労は将来の肥やしになる。そうおもえ。誰に何と言われようとも、自分を見失うでないぞ。そして、妻女を慈しめ。わかったな」

「はい」

何故《なぜ》か、ふたりとも涙ぐんでいる。

妻女までが感極まり、忠兵衛もうっかり貰い泣きしそうになった。

が、おかしい。

はなしが妙なほうに向かっている。

柿内半太夫を諭《さと》しにきたのではなく、貸した金を取りもどしにきたのだ。

本来の目途を忘れている。

「さればな、近いうちにまた来る。お役目に励《はげ》むのだぞ」

「はい」

まるで、父が子を諭しているかのようだった。

荒岩は満足げにうなずき、くるっと踵を返す。

忠兵衛も仕方なく、柿内と妻女にお辞儀をした。

荒岩は「わるいようにはせぬ」と約束したが、相談されても何ひとつ妙案は浮かんできそうにない。

困ったことになった。

五

翌日、午後。

妙蓮にどう言い訳しようか、昨日からずっとそれだけを考えていた。

忠兵衛は大橋《おおはし》を渡って本所へ出向き、貧乏人が多く住む裏長屋まで来ている。

大家に教えてもらった部屋を訪ねてみると、荒岩三十郎の娘がひとりで縫《ぬ》い物《もの》をしていた。

「ごめんくださいまし。蛙屋の忠兵衛と申しやすが、お父上はどちらへ」

「多田薬師さまへまいりました」

「多田薬師でやすか」

「はい」

東江寺境内《とうこうじけいだい》にある多田薬師は眼病平癒《がんびょうへいゆ》にご利益《りやく》があるという。

十一の娘は大瑠璃《おおるり》のように透《す》きとおった声で返事をし、小首を可愛げにかしげる。

忠兵衛は身を寄せ、にっこり笑いかけた。

「加代《かよ》さまでやしたね。それはお母上のお召しものですかい」

「いいえ、お店からの預かりものです」

「へえ、縫い物の内職か。偉えもんだな」

恥じらう加代に礼を言い、忠兵衛は長屋をあとにする。

露地を抜けて少し歩くと、東江寺の山門がみえてきた。

大股で近づき、参道を歩く人々に目を凝《こ》らす。

境内では盆栽市《ぼんさいいち》が催《もよお》されており、多くの参拝客《さんぱいきゃく》が集まっていた。

参道を奥まで進み、多田薬師の拝殿《はいでん》でお参りをする。

周囲に目を配り、うらぶれた風体の荒岩をみつけた。

「へへ、いやがった」

拝殿の脇で絵馬を吊している。

眼病に効験《こうけん》のある薬師だけあって、絵馬にはすべて「め」の字が描かれていた。

無数の目にみられているようで、あまりよい気分ではない。

「おうい」

呼びかけると、荒岩はこちらに気づいた。

困惑顔でやってきて、何やら言いたそうにする。

ことばを吞みこんだので、忠兵衛も敢《あ》えて聞かなかった。

ふたりで肩を並べ、山門までゆっくり戻りはじめる。

「柚木新兵衛《ゆずきしんべえ》というらしい」

唐突《とうとつ》に、荒岩が言った。

「誰です、それは」

口を尖《とが》らすと、得意げな顔をする。

「柿内半太夫の上役だよ」

「ああ、なるほど。でも、上役が何だって仰るんです」

「柚木の自邸は三筋町にある。西ノ町のまんなかだ。今朝方、足を運んでな、近所の評判を聞いてみた」

「それはご熱心なことで」

柚木は底意地の悪い人物らしく、上の者には足を舐めるほどの態度で諂《へつら》い、下の者にはめっぽう厳しいという。

「配下の連中はみな、よくおもっておらぬようだ」

焦《じ》れてくる。

「それがいったい、どうしたと仰るんです」

「世の中には怪しからぬ輩がいるというはなしよ」

高利貸しのことを言っているのかとおもえば、荒岩はおもいもよらぬ筋を描いてみせた。

「柿内半太夫は、上役の柚木新兵衛に嵌《は》められたのさ。嵌めた理由はわからぬが、よくある新参者いじめかもしれぬ」

ありえぬはなしではない。

柚木と柿内が向かったのは、日光社参《にっこうしやさん》の下見と銘打《めいう》った視察だった。幸手宿の旅籠《はたご》に泊まった晩、柿内はさほど呑めもしない酒を柚木に強要された。酔った勢いで宿場女郎を呼んだのかもしれぬが、そのあたりの記憶は飛んでいる。褥で横になったのさえおぼえておらぬというのに、朝になって起きてみたら裸の女が隣に眠っていた。そして、夫と名乗る男があらわれ、強請《ゆすり》をかけてきたのだ。

もちろん、柿内は柚木に相談を持ちかけようとした。が、すでに、柚木はひとりでさきに旅立ったあとだった。

「いかにも不自然ではないか」

と、荒岩は言う。

そもそも、別の部屋を取っていたのも妙だし、柿内が女と同じ褥で眠ったことに気づきもせずに単独で旅立ったというのは、やはり、どう考えてもおかしい。

「たしかに妙でやすね」

忠兵衛はうなずいた。

「するってえと、柚木っていう上役が美人局を仕掛けた連中と裏で通じていると、荒岩さまはそう仰るんですね」

「まちがいあるまい。わしの知りあいにも、同じような惨事に遭った者がおった。上役に疎《うと》まれ、罠《わな》に嵌められたのだ。もっとも、その知りあいは腹を切ったがな」

どんよりとした空気が流れる。

忠兵衛は気を取りなおした。

「それにしても、よくぞ気づかれやしたね」

「確証を得ねばならぬ。どうであろう、今から高利貸しのもとへ参じてみぬか」

「承知しやした、めえりやしょう」

高利貸しの柏屋へ踏みこみ、柚木新兵衛との関わりを聞きだしてやるのだ。

ふたりは勇んで吾妻橋を渡ったが、荒岩は少々功を焦《あせ》っているようにもみえた。柿内半太夫に「わるいようにはせぬ」と言って胸を叩いた手前、みずからの手で解決しようと力んでいるのかもしれない。

そんな荒岩が危うくもみえ、忠兵衛はどうにかして助けてやりたいとおもった。

なるほど、柿内を食いものにしようとしている悪党どもをのさばらせておくのは癪《しやく》に障《さわ》る。だが、忠兵衛に柿内を救う義理はない。むしろ、祠堂金を回収しなければならぬ立場だが、ここは荒岩の顔を立ててやろうと考えたのだ。

六

柏屋は元鳥越町にある。

三筋町から南へ、わずかばかり歩いたところだ。

訪ねてみると、主人の段左衛門はおらず、破落戸《ごろつき》にしかみえぬ連中が屯《たむろ》していた。

「何だおめえは」

喧嘩腰《けんかごし》で誰何《すいか》されたので、忠兵衛も伝法《でんぼう》な口調で応じてやる。

「御法度破りの高利貸しってのは、ここか。おめえらは、巣穴を守る蟻《あり》どもだな」

「おめえらもその口だろう」

「ふふ、蟻は甘え汁に群がるって言うが、どうせ、おめえらもその口だろう」

「……て、てめえ。いってえ何者だ」

「何者でもかまわねえ。主人の段左衛門が帰《け》えってくるまで、待たせてもらうぜ」

上がり端に尻を引っかけ、懐中から銀煙管《ぎんぎせる》を取りだす。

「勝手に座るんじゃねえ」

破落戸のひとりが、後ろから手を伸ばしてきた。

ひょいと避けてその手を摑《つか》み、背負い投げの要領で土間に叩きつける。

それをみて、ほかの連中が気色《けしき》ばんだ。

五人いる。

なかには懐中に手を突っこむ者もあった。

匕首《あいくち》でも吞んでいるのだろう。

「おいおい、かっかすんなよ」

忠兵衛は煙管の火口《ほくち》に火を点《つ》け、すぱすぱやりだす。

ちょうどそこへ、段左衛門らしき男が戻ってきた。

昼の分厚い鮟鱇顔《あんこうがお》の五十男で、みっともないほど肥えている。

後ろには、三筋町で見掛けたそとばの伊平と目つきの鋭い浪人者をしたがえていた。

忠兵衛は三白眼《さんぱくがん》に睨《にら》みつける。

「ふふ、あんたが柏屋さんかい」

「おめえは誰だ。偉そうに煙管なんぞ喫《ふ》かしやがって」

「誰がみても、そっちのほうが偉そうにみえるがね」

「あんだと、こら」

横合いから、そとばの伊平が怒鳴りつけてくる。

「あっ、てめえら、祠堂金の取立屋じゃねえか」

「やっとわかったか、ど間抜けめ」

わざと煽ってやると、伊平は声をひっくり返す。

「野郎ども、何をぼけっとみていやがる。こいつらを叩きだせ」

「へい」

破落戸どもが一斉に匕首を抜いた。

「こんにゃろ」

ひとりが斬りつけてくる。

忠兵衛は袖をひるがえし、男の足を引っかけて転ばした。

煙管を持ちあげ、男の月代に雁首《がんくび》を叩きつける。

じゅっと音がし、皮膚の焦《こ》げる臭《にお》いがした。

「この野郎」

飛びこんできたふたり目は銀煙管で臑《すね》を打ち、三人目は鳩尾《みぞおち》に拳《こぶし》を埋めこむ。

破落戸どもが慎重に構えると、伊平の後ろに控えていた浪人が刀を抜いた。

「わしに任せておけ」

「海老沼《えびぬま》先生、お願いしやす」

伊平はお辞儀し、段左衛門ともども一歩退がる。

身構える忠兵衛を、荒岩が手で制した。

「ここは、わしの出番だ」

ふたりの手練《てだれ》が対峙《たいじ》した。

命の取りあいである。

空気はぴんと張りつめ、息苦しいほどになった。

海老沼は口をへの字に曲げ、右八相《みぎはっそう》に構えをとる。

一方、荒岩のほうは抜きもせず、身じろぎもしない。

息遣《いきづか》いすらも聞こえず、静かに相手をみつめている。

「きぇっ」

海老沼は我慢できず、先手を取って仕掛けた。

と同時に、荒岩が踏みだす。

一瞬、消えたかにみえた。

が、そうではなく、沈んでいた。

抜刀の刹那《せつな》を目で捉《とら》えたのは、忠兵衛ただひとりだ。

「ぬぐっ」

擦《す》れちがうや、海老沼は刀を取りおとす。

斬られた右手の甲《こう》を押さえ、その場にうずくまった。

「筋を斬った。しばらくは、箸を持つのにも不自由しよう。されどな、その程度のことだ」

荒岩はうそぶき、血の付いた刀の切っ先を段左衛門の鼻面に翳す。

「ひぇっ」

高利貸しの悪党は竦《すく》みあがった。

かたわらから、伊平が飛びこんでくる。

「死ねや」

手には匕首を握っていた。

荒岩は少しも慌てず、刀を上段に振りあげる。

つぎの瞬間、相手の脳天にすぱんと叩きつけた。

「きょっ」

伊平は白目を剝いて気絶する。

段左衛門はそれをみて、おもわず、小便を漏らした。

「案ずるな、峰打《みねう》ちだ。おぬしにひとつ聞きたいことがある。大御番の柚木新兵衛を知っておろう」

「うえっ」

段左衛門が必死に首を横に振るので、荒岩は白刃を滑らせて襟元《えりもと》を裂いた。

「こうなりたくなかったら、正直に喋るがよい。柚木を知っておるな」

「……へ、へい」

「美人局の仕掛けを頼まれたのか」

「……お、仰るとおりで」

「理由は」

「……そ、そこまでは、わかりやせん。大御番の金株が手にはいるかもと誘われたもので、はなしに乗っただけなんです」

なるほど、筋は読めた。

柏屋の狙いは、売れば三百両はくだらぬと言われる大御番番士《ばんし》の「金株」なのだ。黄金にも等しい幕臣株を手に入れるべく、柿内を罠に嵌めようとしたのである。

荒岩は脅しあげた。

「命は助けてやろう。その代わり、柿内半太夫の借金をちゃらにしろ」

「えっ」

「できぬと申すなら、今ここで死んでもらう」

刀の切っ先を鼻面に突きだす。

「削ぐぞ。返事をせぬか」

柏屋は声を震わせた。

「……わ、わかりました。今後いっさい、関わりは持ちません」

「それでいい。約束を破ったら、命がないとおもえ」

「へえ」

まったく、荒岩の豹変《ひょうへん》ぶりには驚かされる。

これほど胸のすくはなしも、そうはあるまい。

さっそく、左近や又四郎にも教えてやろうと、忠兵衛はおもった。

七

十日経った。

柿内半太夫への嫌がらせは、今のところない。

荒岩の据えた灸《きゅう》が効いたのだろう。

柿内を罠に嵌めようとした上役の柚木新兵衛は、予想どおり、評判の芳《かんば》しくない人物だった。息子が役に就けなかったことを根に持っており、逆恨みとしか言いようがないのだが、配下の柿内を借金漬けにすることで、おのれの不満を解消しようとしている様子が窺えた。

あまりに理不尽《りふじん》な理由なので、美人局の黒幕は上役の柚木なのだと告げても、柿内は信じようとしなかった。

人を疑うことを知らぬのか、あくまでも上役のことを庇《かば》い、すべては自分の落ち度だったと言ってのける。それはそれで潔《いさぎよ》いものの、危うさと頼りなさは否《いな》めない。ともあれ、何らかの手を打っておかねばとおもいつつ、時だけが経過していった。

一方、祠堂金については、柿内本人が妙蓮のもとへおもむき、返済の遅れを謝罪したうえで、毎月一定の金額を返済することで了解を得た。妙蓮にはあらかじめ事情を告げてあったので、情けをかけてもらったのだ。

ともあれ、この一件はいちおうの決着をみた。

何と言っても荒岩の活躍はすばらしく、又四郎や甚斎などにも紹介し、剣の力量と人となりを自慢した。ただひとり、実力を肌で感じているはずの左近だけは、浮かない顔をしている。

何故なのか、左近にその理由を糺《ただ》してから、忠兵衛は荒岩に重要な提案をしようと考えていた。

帳尻屋の仲間にならぬかと、誘いかけるのだ。

無論、仲間になれば人斬りの業《ごう》を背負うことになるので、容易にできるはなしではない。

忠兵衛が出先から戻ってくると、荒岩は茶筅髷《ちゃせんまげ》の男と暢気《のんき》に将棋《しょうぎ》をさしていた。

「よう」

気楽に声を掛けてきたのは、三之輪で中条医《ちゅうじょうい》の看板を掲げている石清水玄庵《いわしみずげんあん》である。

看板に「月水《げっすい》はやながし　げんなくば礼不請《れいこわず》」とあるとおり、世間の目を盗んで子堕《こお》ろしをおこなう医者にほかならない。だが、忠兵衛は玄庵の力量を信じており、おぶんの出産に立ちあうことを望んでいた。

「中条が出産に立ちあうなんざ、聞いたことがねえ」

口中医の甚斎には呆《あき》れられたが、忠兵衛は自分の眼力を信じている。

肝心のおぶんも文句ひとつ言わず、玄庵の助言を素直に聞いていた。

「いかがです、先生」

「心配いらぬ。年が明ければ、おぎゃあと生まれてこよう。おぶんは痩《や》せておるから、逆子《さかご》になるかもしれぬが、そのときはそのときじゃ」

「逆子になったら、どうなっちまうんです」

「いざとなったら、腹を切るしかあるまい」

「げっ、そんなことができるんですかい」

「陣痛《じんつう》の痛みにくらべれば、屁《へ》みたいなものよ。ま、心配はいらぬ。わしが何とかしてやる」

「お願えしやすよ、先生」

何かあったら、堕胎医《だたいい》に縋《すが》るしかない。

——なあご。

よくみれば、荒岩の膝《ひざ》には三毛猫《みけねこ》の忠吉が座っている。

「こやつ、野良猫にしては人懐《ひとなつ》こいな」

「荒岩さま、いちおう、そいつは飼い猫なんでござんすよ。忠吉って名が、ちゃんとありやしてね」

「そうなのか。温石《おんじやく》代わりに持って帰ろうとおもうたが、飼い猫ならやめておこう」

荒岩は将棋盤を睨んでつぶやき、手持ちの角をぱちりと置いた。

「王手飛車取り」

「おいおい、待ってくれ」

玄庵が慌てて、盤面に顔を近づける。

荒岩は胸を反《そ》らし、追い討ちをかけた。

「二兎《にと》を追って一兎《いっと》を獲《と》り、残る一兎を追いつめる。これこそ、戦《いく》さの常道なり」

「憎たらしいやつじゃのう。こやつめ、勝ちがみえた途端に小難しい台詞を吐きよる」

「さあ、玄庵どのの番でござるぞ」

「ふん、わかっておるわい」

ふたりは出会ったばかりなのに、数年来の友のように憎まれ口を叩きあっている。

気難しい性分の玄庵を籠絡《ろうらく》するとは、やはり、荒岩三十郎の人徳は並ではない。

しかも、餌《えさ》をやらねば寄りつかない忠吉までが、ごろごろ喉を鳴らしている。

ゆったりした時が流れるなか、唐突に悲報がもたらされた。

「ごめんくださいまし」

表口にあらわれたのは、愉楽寺の寺男だ。

「妙蓮さまから文《ふみ》を預かってまいりました」

「ん、何だ」

文を開くや、忠兵衛の顔から血の気が失《う》せる。

「荒岩さま、大変だ。柿内半太夫さまが亡くなった」

「げっ」

荒岩はことばを失い、驚いた忠吉が膝から逃げてしまう。

忠兵衛は声を震わせた。

「自刃《じじん》でやす。ご妻女と刺しちがえ、ふたりとも死んじまった」

「……ど、どうして」

荒岩は気持ちの整理がつかず、駒を握ったまま固まっている。

忠兵衛は寺男に駄賃を渡して帰らせ、何とか冷静さを取りもどした。

「文によれば、お役目の上で何か失態があったとか」

「胡散臭いな」

柚木新兵衛の仕業《しわざ》ではないのかと、荒岩は疑った。

調べてみれば、おそらく、判明することだろう。

玄庵は張りつめた空気を察し、帰っていった。

夕方になり、左近が顔を出す。

おぶんも買い物から戻ってきたので、忠兵衛は左近と荒岩を外に連れだし、行きつけの居酒屋へ向かった。

床几《しょうぎ》の奥へ腰を落ちつけるなり、忠兵衛は荒岩に切りだした。

「柿内半太夫さまのこと、どういたしやしょう」

「どうとは」

「放っておくこともできやす。むしろ、そのほうがいいかもしれねえ。下手に首を突っこめば、墓穴を掘るってこともある。仇《かたき》を討ってやる義理もねえし」

わざと反対のことを言い、煽ってやった。

荒岩はしばらく考え、仏頂面《ぶっちょうづら》でぼそっとこぼす。

「たしかに、義理はない。されど、放っておいたら、悪事をみすみす見逃すことになる」

忠兵衛は銚釐《ちろり》を摘まみ、盃《さかずき》に酒を注いでやる。

「どうなさるおつもりです」

「調べをつづけようとおもう。柚木という上役の尻尾《しっぽ》を摑み、万が一のときは報《むく》いを受けさせねばならぬ。無論、おぬしには関わりのないはなしだ。やるとなったら、わしひとりでやる」

「そうはいかねえ。祠堂金のはなしを持ちこんだのは、あっしでやすからね。旦那が恨みを晴らしてえと仰るなら、地獄の底までつきあいやすぜ」

沈黙が流れた。

荒岩は首を捻《ひね》る。

「何故、おぬしがそこまでやらねばならぬ」

「侠気《おとこぎ》というやつでやすよ。こちらの柳さまも、根っこのところに侠気を抱いていなさる。だから、てえした見返えりもねえのに、厄介事《やっかいごと》を引きうけてくださるんです」

荒岩は眸子を光らせた。

「厄介事とは、何かな」

問われた忠兵衛に迷いはない。ここは正直に告げようとおもった。

「殺しでやすよ。この世に生きてちゃいけねえ悪党どもに引導《いんどう》を渡してやる。それがあっしら、帳尻屋の仕事でござんす」

「おぬしら、帳尻屋と申すのか。どうりで、只者《ただもの》ではないとおもうておったわ」

「荒岩さまが信じられるお方だから、正直におはなしさせていただいたんだ。いかがです、あっしらの仲間になりやせんか」

「わしを仲間に」

「ええ、荒岩さまなら大歓迎だ」

荒岩は目を白黒させつつも、仕舞いにはじっくりうなずいてみせる。

「なるほど、今の世の中、おぬしらのような連中が必要なのかもしれぬ。されど、今しばらく考えさせてもらえぬか。志はわかった。されど、はたしてこの身にできるのかどうか、そこのところを今一度厳しく問わねばならぬ」

「じっくり、お考えくださればいい」

「すまぬ。されば、今日のところはお暇しよう。気づかぬうちに、すっかり長居してしもうた」

外へ出ると、ちょうど夕陽が落ちたところだった。

荒岩は足をふらつかせながら、ゆっくり遠ざかっていく。

「おかしいな。それほど呑んだわけじゃねえのに」

忠兵衛が不安げにつぶやくと、左近が表情も変えずにつぶやいた。

「目を患《わずら》っておるのやもしれぬ」

何気ないひとことが、鋭い棘《とげ》となって胸に刺さる。

ひとりで帰したことを悔やんでも遅い。この日、荒岩が家にたどりつけぬことになろうとは、忠兵衛は夢想だにしなかった。

八

陽が落ちると、あたりは急に暗くなる。

荒岩三十郎は、雪明かりを頼りに歩《ほ》を進めた。

――きゅいん、じゃっ、じゃっ。

遠くで鳴いているのは、懸巣《かけす》であろうか。

それとも、懸巣の鳴き声をまねた百舌鳥《もず》であろうか。

百舌鳥の早贄《はやにえ》を脳裏《のうり》に浮かべ、荒岩は顔をしかめた。

冷たい塀に沿って、一歩ずつさきへ進むしかない。

三《み》つ叉《また》の辻で、突如、何かが飛びだしてきた。

「野良犬か」

いや、野良猫かもしれない。

それすらも判別できぬ自分が情けない。

多田薬師に日参《にっさん》しているのにご利益はいっこうになく、日ごとに症状は悪化していくような気もする。

荒岩は鳥目《とりめ》なのだ。

陽が落ちてしばらくすると、目のまえが漆黒《しっこく》の緞帳《どんちょう》でふさがれたようになる。
忠兵衛には正直に告げるべきであったと、後悔していた。
仲間にならぬかと水を向けられたとき、ほんとうなら一も二もなく諾《だく》したかった。
だが、鳥目であることを告げれば、きっと尻込みしたにちがいない。
忠兵衛は人情に厚く、面倒見のよい好人物だ。
落胆させたくはなかった。
それゆえ、肝心なことを告白できなかったのだ。
もしかしたら、柳左近は見抜いていたのかもしれぬ。
あれだけの剣客は、日の本広しと雖《いえど》も、そうはおるまい。
左近とはいずれ「相抜け」ができるような勝負をしてみたかった。
しかし、目のみえぬ身では相手にしてもらえまい。
そのことを恐れた。
目がみえぬことよりも、同情されることを恐れた。
ともあれ、今は一刻も早く、家に帰りつかねばならぬ。
このところは陽の高いうちに帰っていたので、和恵《かずえ》と加代はさぞや案じていることであろう。

明日になったら、さっそく、行動に移さねばならぬ。

柿内が自刃に追いこまれた原因をつきとめ、上役の柚木が仕掛けたことならば、それなりの報いを受けさせねばなるまい。

荒岩には、年の離れた弟があった。

郡代官《ぐんだいかん》の配下として検地《けんち》をおこなっていたが、あるとき、飢饉で窮乏《きゆうぼう》した百姓たちが筵旗《むしろばた》を立てて代官屋敷に襲いかかってきた。郡代官は早々に逃げ、人の好い弟が矢面《やおもて》に立たされた。やがて、城内から捕り方の一団が寄こされ、百姓たちを追いはらった。弟は混乱の責を負《お》って自刃したのである。

「理不尽なり」

荒岩は逃げた郡代官や一部重臣たちの罪を問うべく、国家老の屋敷へ押しかけた。ところが、責を負わせるどころか、その日のうちに禄を失い、故郷から逐《お》われる身となった。

荒岩には、無念腹《むねんばら》を切った弟と柿内半太夫のすがたが重なってみえた。

はじめて出会ったときから、柿内の横顔に弟の面影《おもかげ》を重ねていたのかもしれない。

弟には許嫁《いいなずけ》がいた。自刃を知って泣きながら「わたしも死にたい」と言ってくれた。許嫁の発したことばが、せめてもの救いだった。江戸に来てからも、よいことなどひとつもなかった。妻と娘には、苦労ばかりかけている。

だが、忠兵衛に声を掛けてもらって、他人の親切に触れることができた。困っている誰かのために、役に立ちたいとおもいはじめたのだ。こんな自分でも誰かの役に立つのなら、命を削ってでも奉仕したい。

忠兵衛に会い、みずからの存念を正直に告げよう。

こんな自分でも受けいれてもらえるのか。受けいれてもらえるのならば、喜んで仲間にくわえてもらおう。

迷いがなくなると、心も軽くなった。

吾妻橋を渡りきり、今は川沿いの道を歩いている。

「ここまで来れば、もう大丈夫だ」

みずからを鼓舞《こぶ》して歩きつづけると、多田薬師の燈明《とうみよう》がぼんやりみえるような気がしてきた。

ふいに、殺気を孕《はら》んだ川風が吹いてくる。

「おい、待て」

後ろから声を掛けられた。

聞きおぼえがある。

そとばの伊平にまちがいない。

荒岩は足を止め、身構えた。

前方からも殺気が近づいてくる。

大川は右手に流れており、左手には高い武家屋敷の塀がつづいているはずだ。

伊平が喋った。

「荒岩三十郎、おめえさんのことは調べたぜ。どうにかして、借りを返えしてぇとおもってな。多田薬師に日参しているそうじゃねえか。へへ、おめえの可愛い娘が教えてくれたぜ。父親が目を患っていることをな。ひょっとして、この暗さじゃ、おれの顔もみえてねえんじゃねえのか」

棒のようなもので、ちょんと背中を突かれる。

「ぬひゃひゃ、やっぱしそうだ。こいつ、みえてねえ」

荒岩はじりっと後退《あとずさ》り、川を背中に置いた。

「おっと、背水の陣ってやつか。後ろは堀川《ほりかわ》じゃねえ。天下の大川だぜ。深えうえに、流れは迅《はえ》え。真冬のこの時季に飛びこんだら、まず助かるまいよ。このさきの百本杭に土左衛門《どざえもん》で浮かぶだけだぜ」

荒岩にもわかっている。

斬りかかってくる気配を頼りに、最後まで闘うだけのはなしだ。

「伊平とやら、娘に会ったのか」

「ああ、会ったさ。父親に似ず、可愛い顔をしている。ありゃ磨けば光る上玉だぜ。嬶《かか》ぁもつけて廓に売りゃ、三十両くれえにゃなるかもな」

「わしの命はくれてやる。妻と娘には手を出すな」

「約束はできねえなあ。ふへへ、でえち、死人と約束を交わす阿呆《あほう》はいねえ」

「まだ死ぬと決まったわけではない」

「さあ、そいつはどうかな」

伊平は怒声《どせい》をあげた。

「おめえら、殺っちまえ」

「へい」

破落戸どもが一斉に得物《えもの》を抜く。

ひとり目の殺気が迫った。

すかさず、荒岩は抜刀する。

「ぎゃっ」

伯耆流の水平斬りだ。

一刀で相手の腕を断《た》った。

「囲め、囲め」

怒声に合わせ、空気が揺れる。

「死ね」

今度は左右から、同時に襲われた。

「ふいっ」

一瞬でふたりを斬る。

だが、横腹に鋭い痛みをおぼえた。

手で触ると、匕首が刺さっている。

引きぬくや、血が噴きだした。

「手負いだ。とどめを刺せ」

「待て、わしにやらせろ」

押しだしてきたのは、侍のようだ。

伊平が叫んだ。

「海老沼先生、きっちりとどめをお願いしやすよ」

「任せておけ」

右手の甲を斬ってやった浪人者だった。

——ぶん。

刃風《はかぜ》が唸《うな》る。

「くっ」

刀で弾いた。

——きいん。

金音とともに、火花が散る。

なおも、刃風が迫ってきた。

どすんと、胸に衝撃をおぼえる。

海老沼の繰りだした得物は、刀ではない。

「……や、槍か」

管槍《くだやり》の穂先《ほさき》で胸板を貫《つらぬ》かれたのだ。

「ぬおっ」

荒岩は吼《ほ》えあげ、胸を仰《の》けぞらせた。

眸子を瞠《みは》っても、夜空に月はない。

妻と娘の顔が脳裏を過《よ》ぎり、ぷつんと消えた。

荒岩のからだは意志を失い、大川へ落ちていく。

暗澹《あんたん》とした川面《かわも》に小さな飛沫《しぶき》が立ちのぼり、一帯は風音すらも聞こえぬほどの静寂《しじま》に包まれた。

九

殺しのあった川端には、柊《ひいらぎ》の白い花が枝ごと手向《たむ》けられていた。

地の者に聞いてみると、手向けたのは襤褸舟《ぼろぶね》で暮らす年老《としお》いた夜鷹《よたか》だという。

忠兵衛はぴんときて、夜鷹を捜すことにした。

北割下水《きたわりげすい》の堀留《ほりどめ》までやってくると、なるほど、何枚もの布で屋根を覆《おお》った襤褸舟が捨ててある。

布を掻きわけると、夜鷹は眠ったふりをしていた。

舟のなかで日中は息をひそめ、夜になると抜けだして辻に立つ。

そんな暮らしを、気の遠くなるほど長いあいだ、つづけてきたのだ。

「むかしのことなど忘れてしもうた。自分の年もようわからん」

起きあがった夜鷹は歯のない口で笑ってみせ、忠兵衛から渡された小銭を愛おしそうに数えた。

「昨夜のことも、ようおぼえておらぬわい。お侍ひとりに、大勢で寄って集《たか》って酷《ひど》いことをしておった。けしかけておった男のことは、よう知っておる。そばの伊平じゃ。可愛がっていた夜鷹の仲間が、伊平の女房だった女でなあ、酒に酔って撲《なぐ》られるのが嫌で逃げだしたのじゃ。伊平と同じひとつ屋根の下で暮らすくらいなら、屋根のない夜鷹暮らしのほうがましじゃとこぼしておったわ。この世には、わしらより酷い暮らしがあるんじゃのう」

半月ほどまえ、伊平の元女房は凍死してしまったという。

「まちがいない、お侍は伊平たちに殺《あや》められた。とどめは槍じゃ」

「槍かい」

「ああ、そうじゃ。海老沼と名乗る浪人が槍を握っておったわ」

破落戸どもが去ったあと、夜鷹は哀れにおもって花を手向けてやった。

「ほら、そこに咲いておる柊を手向けたのさ。成仏できぬお侍の霊が、まだとどまっておるはずじゃ。南無阿弥陀仏《なむあみだぶつ》、南無阿弥陀仏」

忠兵衛は礼を言い、羽織《はお》っていた黒羽二重《くろはぶたえ》を渡して堀留を去った。

そして夜になるのを待って、左近とともに多田薬師裏の番場町へ向かった。
足が重い。
それは左近も同じだ。
裏長屋の木戸門には、白張提灯《しらはりぢょうちん》がぶらさがっている。
門を抜けると、樒《しきみ》を焚いた匂いが漂ってきた。
通夜に訪れる弔問客《ちょうもんきゃく》の人影はない。
長屋の住人たちはみな、お悔やみを済ませたのだろう。
ほとけの帰ってきた部屋からは、行灯《あんどん》の灯《あか》りが漏れていた。
恐る恐る覗いてみると、床に敷かれた布団に白装束《しろしょうぞく》のほとけが横たわっている。
枕の上に焼香台《しょうこうだい》があり、そのかたわらに妻の和恵と娘の加代が並んで座っていた。
もはや涙も涸《か》れたのか、ふたりとも泣いてはいない。
忠兵衛と左近のすがたをみとめると、無言でお辞儀をしてみせた。
忠兵衛は黙礼《もくれい》して雪駄《せった》を脱ぎ、ほとけの脇に正座して合掌《がっしょう》する。
白装束を纏《まと》った胸の上には、二尺に満たない刀が置いてあった。

鞘の内には、錆びた本身が納められているはずだ。

おもえば、両国の広小路で声を掛けたせいで、荒岩は不幸な出来事に巻きこまれてしまった。

申し訳ない気持ちでいっぱいになり、忠兵衛は床に両手をついた。

「手前のせいで、こんなことになっちまって。申し訳ありやせん」

和恵はすっと立ちあがり、すぐそばに膝を寄せてくる。

「蛙屋忠兵衛さまですね。どうか、お手をおあげください。荒岩はいつも、あなたさまのことをはなしておりました」

「えっ」

「いただいた鈍刀煮の味が忘れられませぬ。江戸にも親切な方はいる。忠兵衛さまほど俠気のある方に出会ったことはない。よくしていただいた恩に報いるためだとおもえば、自分にも何かできそうな気がする。荒岩は目を輝かせてそう言い、嬉しそうにしておりました」

「荒岩さまが、そんなことを」

「はい。忠兵衛さまはこの人に、生きる望みを与えてくださったのです」

「そんな」

とか」
「大袈裟なはなしではありませぬ。わたくしたちも、どれほど勇気づけられたこ
和恵は感極まり、喋ることができなくなった。
後ろから、娘の加代が身を寄せてくる。
「母上、父上に託されたものをお渡しせねば」
気丈にもそう言い、懐中から何かを取りだす。
「どうぞ、これを」
忠兵衛が手渡されたのは、安産祈願のお守りだった。
「先日、父と有馬さまに詣《もう》でました。そのときに求めたものでございます。父は
忠兵衛さまのお子をみるのが楽しみだと申しておりました」
「ぐっ」
忠兵衛は我慢できず、嗚咽《おえつ》を漏らす。
抑えようとすればするほど、涙が溢《あふ》れてきた。
それでも、どうにか自分を取りもどし、ふたりに向かって言いはなつ。
「荒岩さまは、あっしらの仲間でござんす。仲間のご家族の面倒は、きっちりみ
させていただきやす。おこがましいかもしれねえが、おふたりが生活《たつき》に困らねえ

ようにいたしやす。それだけはどうか、ご安心を」
忠兵衛のことばを聞いて、ほとけが安堵したかのようにみえた。
おめえさんの仇はきっと討たせてもらうぜと、忠兵衛は胸に誓った。
後ろ髪を引かれるおもいで外に出れば、ちらちらと風花《かざはな》が舞っている。
今晩じゅうにでも、けりをつけねばなるまい。
白張提灯の下で、左近が寒そうに待っていた。
ふたりは無言でうなずきあい、肩を並べて歩きだす。
――うおおん。
腹を空かせた山狗《やまいぬ》が遠くの空で吠えている。
行く手には、地獄の釜《かま》が蓋を開けていた。
迷うことなど、ひとつもない。
悪党どもに地獄をみせてやらねばならぬ。

十

馬ノ鞍横町の家に戻ってみると、おぶんがいない。
「おぶん、おぶん」

忠兵衛は狂ったように叫び、家のなかを捜しまわった。

そこへ、陰間《かげま》の与志が顔を出す。

「忠さん、やっとお戻りだね。おぶんから言伝《ことづて》を頼まれたよ」

「えっ、何で叔父御《おじご》が」

「いいからお聞き。妙なやつが家のまわりを嗅《か》ぎまわっていたのさ。だから、おぶんは身の危険を感じて、そいつの目を盗んであたしのところへ来たんだよ」

「それじゃ、今は花房町にいるのか」

「いいや、三之輪の中条医のところまで送りとどけてやった」

与志は笑いながら、自分の布袋腹《ほていばら》をさすってみせる。

「お腹があんまり大きいもんでね、あんただって陰間茶屋で産気《さんけ》づいたら嫌だろうとおもってさ」

「おぶんは、玄庵先生のところにいるんだな」

「ああ。心配しなくていいって、おぶんは言ってたよ」

「そうかい」

ふうっと安堵の溜息を吐き、忠兵衛はがっくり項垂れる。

与志が心配顔で覗きこんできた。

「ずいぶんお疲れのようだけど、どうかしたのかい」

「どうもこうも。今から帳尻を合わせに行かなくちゃならねえ」

「悪党を退治するんだね」

「ああ」

「手伝おうか。こうみえても、腕っぷしは強いんだから」

「わかっているさ。でもな、叔父御の手をわずらわせるまでもねえんだ」

忠兵衛は与志の目をみつめ、頭《こうべ》を垂れた。

「すまねえが、甚斎のやつといっしょに、おぶんを守ってやってくんねえか」

「水臭いねえ、お安いご用だよ。そっちの仕掛けは、誰を呼ぶんだい。又四郎さまには声を掛けたのかい。おくうと粂さんにも、あたしから声を掛けとこうか。もちろん、左近の旦那にも」

「又さんは風邪《かぜ》をこじらせて寝ちまっている。おくうと粂太郎はお座敷の掛けもちで忙しくてな、左近の旦那とふたりでやるよ」

「やれんのかい」

「心配えにゃおよばねえ」

与志は眸子を伏せる。

「今さら言っても仕方のないことだけど、命を粗末にしちゃいけないよ。おまえはたったひとりの血縁だからね、失いたくはないのさ。きっちりけじめをつけて、ちゃんと帰ってこなくちゃだめだよ」

「ああ、わかった」

「へへ、驚いたかい。たまにゃ、叔父らしいことも言わせてもらわないとね」

「恩に着るぜ、叔父御」

勇んで外に飛びだすと、雪は網目《あみめ》のように降りつづいている。

四つ辻の暗がりで、左近がじっと待っていた。

「嗅ぎまわっていた伊平の手下を締めあげた。そとばの伊平は今、木母寺《もくぼじ》の『植半《うえはん》』にいるらしい」

八《や》つ頭芋《がしらいも》と蜆《しじみ》料理で有名な料理屋だ。

「破落戸の親玉が行く見世《みせ》じゃねえな。ひょっとして、柏屋段左衛門の仕切りかもしれやせんね」

だとすれば、一気に片を付ける好機だ。

伊平に命じて荒岩を殺らせたのが、柏屋であることはわかっている。

「めえりやしょう。これも荒岩さまが導いた因縁《いんねん》かもしれねえ」

ふたりは柳橋《やなぎばし》に向かい、船宿《ふなやど》に頼んで雪見舟を一艘仕立てさせた。

凍《い》てつく大川に漕《こ》ぎだしてみると、船灯《ふなあか》りはひとつもみえない。

猪《いのしし》の黒い毛皮を纏った船頭は、凍《こご》えそうな手で棹《さお》をさしつづけた。

十一

木母寺の桟橋《さんばし》に着くと、雪道に点々と灯籠《とうろう》がつづいている。

「季節外れの精霊流《しょうろうなが》しだな」

左近がつぶやくとおり、黄泉国《よみのくに》へと向かう道行きのようだ。

が、ここは境内のなかにある料理屋の玄関先にほかならない。

道をたどっていけば、薄暗い玄関の内から三味線《しゃみせん》の音色や客の笑い声が漏れ聞こえてくる。

「宴《えん》もたけなわのようで」

忠兵衛は銀煙管に火を点け、煙を燻《くゆ》らしはじめた。

「旦那もおひとつ」

「貰おうか」

左近は煙を吸った途端、げほげほ咳《せ》きこむ。

「ぷっ、こいつはおもしれえ。煙が苦手だったとはね」

おかげで緊張もほぐれた。

あとは見世に潜《もぐ》りこみ、隙を窺って獲物を狩ればよい。

「それじゃ、あっしはひと足さきに」

寒空の下に左近を残し、忠兵衛は横道にまわりこむ。

平屋の壁をするするよじのぼり、大屋根にとりつくや、瓦《かわら》を何枚か外して天井裏へ忍びこんだ。

「ちょろいもんさ」

部屋はすぐにわかった。

庭に面した奥座敷だ。

廊下の隅に厠《かわや》がある。

天井裏から部屋の様子を窺うと、おもったとおり、上座には柏屋段左衛門が偉そうに座っていた。

狙う獲物は三匹、柏屋とそとばの伊平、それに、海老沼という用心棒だ。

ほかの雑魚《ざこ》はどうでもよい。邪魔をするようなら、地獄へ逝《い》ってもらう。

忠兵衛は天井板を外し、廊下にひらりと降りたった。

白一色の庭へ降り、朝鮮灯籠《ちょうせんとうろう》の陰に隠れる。
しばらく待っていると、柏屋が都合よく廊下にあらわれた。
厠へ向かうのだ。
忠兵衛は抜けだし、柏屋の背後に迫った。
ちょうどそこへ、手下がひとりあらわれた。
素早く身を寄せ、手下の鳩尾に当て身を食わせる。
「きゃああ」
突如、廊下の端から悲鳴が聞こえてきた。
下女が呆然《ぼうぜん》としている。みられたのだ。
まっさきに反応したのは、厠へ消えていた柏屋だった。
「どうした、何があった」
忠兵衛は仕方なく、縁の下にすがたを隠した。
座敷の襖障子《ふすましょうじ》が開き、伊平たちも顔を出す。
「何をみやがったんだ」
下女は伊平に怒鳴りつけられ、震えて声も出せない。
すると、下女の背後から、浪人がひとり歩いてきた。

鼻と口を手拭《てぬぐ》いで覆っているが、左近にまちがいない。

「ひぇええ」

下女はまたも悲鳴をあげ、廊下の向こうに逃げていく。

「てめえ、何者だ」

そとばの伊平が叫び、海老沼の背中を押した。

「先生、頼みますぜ」

「任せておけ」

海老沼は傷を負った右手を庇い、左手で管槍をしごいてみせる。

「ぬおっ」

気合い一声、からだごと突っこんでいった。

左近は刀を抜き、槍の穂先を弾いてみせる。

だが、返しの一撃は繰りださない。

わざと突かせてやり、巧《たく》みに弾く。

みなの目は、槍と刀の真剣勝負に注がれた。

一方、忠兵衛は縁の下から抜けだし、そっと柏屋の背後にまわりこむ。

胆の小さい悪党は、誰よりも後ろに隠れたがるものだ。

柏屋もその口だった。
背中にぴたりとくっつき、柏屋の口を掌《てのひら》でふさぐ。
「ぬぐっ」
じたばたしても、忠兵衛から逃れることはできない。
九寸五分の白刃が、肉厚の喉首《のどくび》にあてがわれる。
「あばよ」
一文字に裂いた。
びゅっと血が噴いても、誰ひとり気づかない。
つぎは、伊平の番だ。
三歩ほどさきにいる。
忠兵衛は忍び足で背後に迫り、掌で口をふさいだ。
柏屋と同じに、匕首で喉仏を裂いてやる。
だが、声を奪っただけで、とどめは刺さない。
伊平は何が起こったのか、把握《はあく》できないようだった。
血の滴《したた》る喉を押さえて振りかえり、恐怖に顔を引きつらせる。
おそらく、忠兵衛が地獄の獄卒《ごくそつ》にみえたことだろう。

命だけは助けてほしいと懇願《こんがん》されても、それはできない相談だ。

伊平の襟首《えりくび》を摑んで立ちあがらせ、匕首で脇腹を剔《えぐ》ってやる。

「ぬぐ……ぐぐ」

肝ノ臓《かんのぞう》が破れたにちがいない。

伊平はしばらく苦しみ、地獄へ堕《お》ちていった。

左近はこちらの様子に気づき、片を付けるべく反撃に転じた。

鼻先に伸びた管槍の穂先を弾き、返しの一刀で海老沼の首を飛ばす。

「ふへっ」

みている連中は、恐怖の坩堝《るつぼ》に落とされた。

忠兵衛と左近が裏木戸から逃れても、声を発する者はひとりもいない。

奥座敷の廊下には、悪党の屍骸《むくろ》が三つ転がった。

「これで終わったわけじゃねえ」

と、忠兵衛はみずからに言い聞かせる。

調べを進めてみると案の定、柿内半太夫が自刃した理由は役目の上での失態ではなかった。

侍としての誇りを踏みにじられたのだ。

まずは、美人局のことを言いふらされた。そればかりか、檀那寺の尼僧と密通《みつつう》しているといったありもしない噂まで流され、大御番組に居づらくなってしまったのだ。妻女を巻きぞえにすべきではなかったが、自刃することで身の潔白《けつぱく》を証明したかった気持ちもわからぬではない。

自刃には抗議の意志が込められていたのだろう。

抗議する相手は噂を流した上役、柚木新兵衛にほかならない。

柚木こそがすべての元凶だった。柿内が自刃して欠員となった大御番組には、柚木の息子がくわわることになった。すべては、柿内を疎ましくおもっていた柚木の思惑どおりに事が進んだのである。

荒岩がこのことを知ったら、見逃すはずはない。

きっと、柿内の仇を討とうとしたであろう。

「あっさり逝かせるわけにゃいかねえな」

忠兵衛はすでに、策を考えていた。

十二

年が明け、正月二日の朝を迎えた。

「お宝、お宝ぇぇ、宝船、宝船」

縁起を担《かつ》いだ宝船売りの声が露地に響いている。

柚木新兵衛は目を開けた。

頭が、ずきずき痛む。

「……こ、ここは何処だ」

寒い。

ぶるっと、身を震わせた。

煎餅布団《せんべいぶとん》の上に横たわっている。

格子窓《こうしまど》から、隙間風が忍びこんできた。

立てまわされた屏風《びようぶ》には七福神《しちふくじん》に鶴亀富士《つるかめふじ》と、めでた尽くしの絵柄が彩《いろど》りも鮮やかに描かれている。襖に描かれた珍獣は、夢を食べる獏《ばく》であろう。床の間の呂宋壺《ルソンつぼ》には、真紅の実をつけた万両《まんりよう》の枝が生《い》けてあった。

三筋町の自邸でないことは確かだ。

「曖昧宿《あいまいやど》だよ、旦那」

顔を白塗りにした女が、大きな顔を近づけてくる。

「うっ」

女ではない。

年を食った陰間だ。

「退《ど》け」

陰間を蹴りつけ、褥から飛び起きる。

「曖昧宿だと」

正月早々から、何故、こんなところにおるのだ。

必死に記憶をたどってみる。

昨日は家で正月料理に舌鼓《したつづみ》を打ち、屠蘇《とそ》をいただいた。

そのせいか急に眠くなり、ひとりで部屋に引っこんだ。

少し眠りに就いてからの記憶が無い。

「あたしを買ってくれたじゃない。正月のご祝儀だって、花代もはずんでくれたでしょう。旦那は大御番の小頭《こがしら》さまなんだってねえ。そんなお偉い方に抱かれたことなんぞなかったよ。あたしゃ幸せだ。六十年も生きてきて、お城勤めのお侍に抱いてもらえるなんてね」

「やめろ、気色がわるい。わしはおぬしなど知らぬ」

「おや、妙なことを仰る。あたしゃあんたに抱かれたよ。地獄の閻魔《えんま》さまに諭されたのさ。ありもせぬ噂を言いふらし、若侍を死においやった。卑劣非道《ひれつひどう》な悪党に引導を渡してやりなってね」

「何じゃと」

顔色を失う柚木に、陰間は追い討ちをかける。

「きっと、あんたは化けて出られるよ。若い夫婦の幽霊にね」

「やめろ、それ以上世迷《よまよ》い言《ごと》を口にしたら、生かしてはおかぬぞ」

「あんたからみれば、陰間なんぞ芥《あくた》みたいなものだろうさ。斬りたきゃ斬りな。ほら、お刀はあちらだよ」

有明行灯《ありあけあんどん》の脇に、鞘に納まった刀が立てかけてある。

柚木は畳を這うように近づき、刀を手に取った。

「うぬ、くそっ」

鞘から抜こうとしても、容易に抜けない。

——ずり、ずり。

どうにかなかばまで抜くと、錆びた本身があらわれた。

「そんな鈍刀で、あたしのことが斬れるのかい。くく、それにしても、みっともない頭だこと」

「なっ」
枕元に置かれた三方《さんぼう》をみて、柚木はことばを失った。
髷《まげ》が置いてある。
両手で頭に触れると、髪が一本もなくなっていた。
つるつるの坊主頭になっているのだ。
「ひゃはは、剃り甲斐のある頭だったよ」
「ぬおっ」
柚木は吼え、部屋から飛びだした。
階段を転がるように降り、外に躍りだす。
見上げれば、正面に千代田城が聳《そび》えていた。
ここは筋違橋御門のそば、花房町の一画なのだ。
出てきた見世の軒行灯《のきあんどん》には『菊よし』と書かれている。
もちろん、柚木は与志など知らない。
自分が罠に嵌められたことも気づいていなかった。
表通りへ出ようとすると、振袖姿《ふりそですがた》の町娘たちが無邪気に追《お》い羽根《ばね》をしている。
きまりがわるいので踵を返し、柚木は坊主頭を抱えて袋小路の奥へと進む。

どんつきの物陰から、人影がひとつ抜けだしてきた。

「へへ、その頭じゃ出仕《しゅっし》はかなわねえな。隠居するっきゃねえだろう」

「……な、何者だ、おぬしは」

「帳尻屋だよ」

暗がりから出てきたのは、忠兵衛にほかならない。

一昨日の夜更《よふ》け、除夜の鐘を聞きながら、柚木邸の裏庭へ忍びこんだ。

武家も町家もたいていの家がそうであるように、井戸には元日に呑むための屠蘇が仕込んであった。紅絹《もみ》でつくった三角の嚢《ふくろ》に、山椒《さんしょう》や肉桂《にっけい》や桔梗《ききょう》や白朮《びゃくじゅつ》といった薬種《やくしゅ》を調合して入れ、酒にひと晩浸してつくるのだ。そこに、眠り薬を混ぜてやった。

翌朝、一年の邪気を祓《はら》うべく、柚木家の面々も屠蘇を呑んだ。家の全員がすぐさま眠気に襲われ、やがて、深い眠りに陥《おち》いった。

忠兵衛は甚斎や与志に手伝ってもらい、柚木新兵衛を難なく拐《かどわ》かすことに成功したのだ。

拐かされたことも知らず、柚木は頭だけを気にしている。

忠兵衛は間合いを詰め、相手の阿呆面《あほづら》を三白眼に睨みつけた。

「へへ、髷を無くして、そんなに恥ずかしいか。でもよ、その程度で死にてえとはおもわねえだろう。それが善人と悪人のちがいだ。善人の侍えは、恥を掻いたら死を選ぶ。ところが、悪人は少々の辱《はずかし》めを受けたからといって、死のうとはしねえ。どうにかして生きのびようと、わるあがきをする。おめえさんも、その口だろう。となりゃ、誰かが引導を渡してやらにゃなるめえ」

「わしを殺める気か」

「そうだよ。ひとおもいに殺っちまえば簡単だが、少しくれえは柿内さまの苦しみを味わってもらわねえとな」

忠兵衛は袖口から剃刀《かみそり》を取りだした。

「おめえさんの頭を剃った剃刀だぜ。こいつで喉を掻っ切ることもできたんだ」

「待たぬか、何が望みだ。金ならやる」

「いらねえよ。腐った金を手にしたら、心まで腐っちまうかんな」

忠兵衛は、また一歩近づいた。

柚木は動かない。

腰を落とし、鈍刀を抜きはなつ。

忠兵衛は睫《まつげ》を瞬《またた》かせ、錆びた鈍刀に目をやった。

「その刀の持ち主を、おめえさんは知らねえ。でもな、その刀にゃ持ち主の恨みが乗りうつっている。何なら、そいつで腹を切ってもいいんだぜ。おれが介錯《かいしゃく》してやるよ」

「抜かせ、下郎」

柚木は吐きすて、鈍刀を振りかぶった。

「へやっ」

踏みこみも鋭く、大上段から斬りつけてくる。

忠兵衛は難なく避け、足を出して引っかけた。

「うわっ」

柚木は平衡《へいこう》を失って転び、俯《うつぶ》せになった。

まるで、潰《つぶ》れ蛙《がえる》のようだ。

忠兵衛は馬乗りになり、手をまわして顎に引っかける。

柚木の顔を乱暴に持ちあげ、喉笛《のどぶえ》に剃刀をあてがった。

「あばよ、地獄で柏屋が待ってるぜ」

一閃《いっせん》、黒い血がほとばしった。

柚木のからだから、力が抜けていく。

「終わった」

恨みを晴らしたからといって、荒岩三十郎は戻ってこない。

袋小路に風が吹き、何やら途轍《とてつ》もない虚《むな》しさだけが残った。

十三

正月二日の悪夢は七福神の宝船とともども堀川に流し、三日は上野山《うえのやま》寛永寺に詣《まい》って大黒天《だいこくてん》の湯《ゆ》を呑んだ。初寅《はつとら》の四日は毘沙門天《びしゃもんてん》を祀《まつ》る神楽坂《かぐらざか》の善國寺《ぜんこくじ》へ参じ、馬ノ鞍横町の店に戻ってみると、愉楽寺の妙蓮から年賀の寺納豆《てらなっとう》が届いていた。

初卯《はつう》の五日はことに忙しく、まずまっさきに有馬屋敷の水天宮へ詣で、待乳山の聖天さまと亀戸天神内の妙義権現《みょうぎごんげん》へも足を延ばした。

すべてはおぶんの安産を願うため、忠兵衛は居ても立ってもいられなくなり、連日連夜、神頼みに走っていた。

そして六日、松飾りを取っぱらった夕刻あたりから、いよいよ陣痛らしきものがはじまった。すぐさま、近所の取りあげ婆《ばば》に来てもらい、使いに命じて三之輪の石清水玄庵も呼びにやらせた。

案じているのは忠兵衛ばかりでなく、陰間の与志や口中医の甚斎もやってきて、手伝うこともないのに、板間でとぐろを巻いている。夜更けになって、芸者のおくうと幇間《ほうかん》の粂太郎もあらわれ、さらには又四郎と志津ばかりか、妻恋店から大家の清七を筆頭に顔見知りの連中が総出でやってきた。

明け方には左近もあらわれ、蛙屋のなかは人いきれで息苦しいほどになった。

さらに朝陽が昇ると、今度は手伝いの嬶ぁどもが調子外れの歌を唄いだした。

「七草なずな　唐土《とうど》の鳥が日本の土地へ渡らぬさきに　七草なずな……」

唄いながら俎板《まないた》の上で包丁をとんとんやりつづけ、刻《きざ》んだ薺《なずな》を入れた七草粥をみなにふるまった。

やがて、詰めかけた連中が玄関先で鈴生《すずな》りになり、獅子舞《ししまい》やら太神楽《だいかぐら》やら猿廻《さるまわ》しまでがやってきた。鳥追いは二上《にあ》がり調子で三味線を掻き鳴らし、万歳《まんざい》は笛や太鼓《たいこ》で囃《はや》したてる。

あまりにうるさいものだから、与志や甚斎が静かにするようにたしなめても、祭りのごとき賑《にぎ》わいはいっこうにおさまらない。

やがて、そのときがやってきた。

みなでしめしあわせたような静寂が流れ、つぎの瞬間、赤子の元気な泣き声が響きわたったのである。

——うんぎゃあ。
空気が震えた。
みなは顔を見合わせ、喜びを爆発させる。
忠兵衛は滂沱《ぼうだ》と涙を流し、ひとりひとりの手を握った。
「お父上さま、早う早う」
廊下の奥から、取りあげ婆が呼んでいる。
忠兵衛は足を縺《もつ》れさせながら、奥の部屋へ向かった。
すでに、おぶんは白い布団に寝ており、満ちたりた顔で微笑んでみせる。
「男の子じゃぞ」
玄庵はそう言い、忠兵衛の肩を叩いて部屋をあとにした。
女たちも気を遣って出ていき、おぶんと水入らずになる。
すでに、赤ん坊は産湯《うぶゆ》に浸《つ》かったらしい。
忠兵衛はそっと近づき、枕元のかたわらを覗いた。
産着《うぶぎ》を纏った小さな命が、しきりに欠伸《あくび》をしている。
「……か、可愛いな」
忠兵衛はつぶやき、おぶんに泣き笑いの顔をみせる。

「抱いてみるかい」

と言われ、恐る恐る手を伸ばした。

赤ん坊は父親の手に抱かれ、もぞもぞ動きだす。

「あったかいだろう」

「うん」

ほんとうに暖かいものだなと、忠兵衛はおもった。

「豆腐みてえで、おっかねえな」

「うふふ、平気だよ。名を付けてあげなきゃね」

「ああ」

「みなさんにお披露目《ひろめ》してきたら」

「いいのか」

「少しだけならね」

「よし」

忠兵衛は男の子を抱きあげ、部屋をあとにした。

帳場のそばでは、仲間たちが首を長くして待っている。

土間から外まで、人で溢れていた。

こんなにも多くの人が、子どもの誕生を祝ってくれている。

それだけで、忠兵衛は泣けてきた。

「みんな、おれの子だ」

胸を張って告げるや、どっと歓声が沸《わ》きあがる。

裸足《はだし》のまま外に出ると、雲ひとつない青空が広がっていた。

「千客万来《せんきゃくばんらい》」

と書かれた字凧《じだこ》が、風を切って悠々と飛んでいる。

忠兵衛はこの地にどっしり根を下ろし、町の人々のために尽くしたいと芯《しん》からおもった。

道端に目をやれば、黄金色《こがねいろ》の福寿草《ふくじゅそう》が咲いている。

仲良く寄りそうすがたに、おもわず笑みがこぼれた。

「いよっ、色男」

与志が背中に声を掛ける。

――うんぎゃあ。

赤ん坊は掛け声に応じて、火が点いたように泣きだした。

※この作品は双葉文庫のために
書き下ろされたものです。

双葉文庫

さ-26-24

帳尻屋仕置《ちょうじりやしおき》【三】

鈍刀《どんとう》

2016年7月17日　第1刷発行

【著者】
坂岡真《さかおかしん》
©Shin Sakaoka 2016

【発行者】
稲垣潔

【発行所】
株式会社双葉社
〒162-8540 東京都新宿区東五軒町3番28号
［電話］03-5261-4818(営業)　03-5261-4833(編集)
www.futabasha.co.jp
(双葉社の書籍・コミックが買えます)

【印刷所】
慶昌堂印刷株式会社

【製本所】
株式会社宮本製本所

【表紙・扉絵】南伸坊
【フォーマット・デザイン】日下潤一
【フォーマットデジタル印字】飯塚隆士

落丁・乱丁の場合は送料双葉社負担でお取り替えいたします。
「製作部」宛にお送りください。
ただし、古書店で購入したものについてはお取り替えできません。
［電話］03-5261-4822(製作部)

ISBN978-4-575-66784-4 C0193
Printed in Japan

風野真知雄

わるじい秘剣帖(五)
なかないで

長編時代小説
〈書き下ろし〉

桃子との関係が叔父の森田利八郎にばれてしまった愛坂桃太郎。事態を危惧した桃太郎は一計を案じ、利八郎を何とか丸めこもうとする。

経塚丸雄《きょうづかまるお》

旗本金融道(二)
銭が仇の新次郎

長編時代小説
〈書き下ろし〉

金貸しの主となった榊原新次郎。実家とも断絶状態になるが、そんな折、父から珍しく呼び出され、思わぬ依頼を受ける。シリーズ第二弾!

小杉健治

蘭方医・宇津木新吾
別離

長編時代小説
〈書き下ろし〉

シーボルト事件で上島漠泉は表御番医師の座を追われ、香保も新吾のもとを去っていった。募る香保への思いに苦しむ新吾だったが……。

坂岡真

照れ降れ長屋風聞帖
大江戸人情小太刀

長編時代小説
〈書き下ろし〉

江戸堀江町、通称「照れ降れ町」の長屋に住む浪人、浅間三左衛門。疾風一閃、富田流小太刀の妙技が人の情けを救う。シリーズ第一弾。

坂岡真

照れ降れ長屋風聞帖
残情十日の菊

長編時代小説
〈書き下ろし〉

浅間三左衛門と同じ長屋に住む下駄職人の娘に舞い込んだ縁談の裏に、高利貸しの暗躍が。富田流小太刀で救う江戸模様。シリーズ第二弾。

坂岡真

照れ降れ長屋風聞帖
遠雷雨燕《えんらいあまつばめ》

長編時代小説
〈書き下ろし〉

孝行者に奉行所から贈られる「青緡五貫文」。そのために遊女にされた女が心中を図る。裏には町役の企みが。好評シリーズ第三弾。

坂岡真

照れ降れ長屋風聞帖
富《とみ》の突留札《つきどめふだ》

長編時代小説
〈書き下ろし〉

突留札の百五十両が、おまつ達に当たった。用心棒を頼まれた浅間三左衛門は、換金した帰り道で破落戸に襲われる。好評シリーズ第四弾。

坂岡真

照れ降れ長屋風聞帖

あやめ河岸

長編時代小説
〈書き下ろし〉

浅間三左衛門の投句仲間で定廻り同心に戻った八尾半四郎が、花魁・小紫にからんだ魚問屋の死の真相を探る。好評シリーズ第五弾。

坂岡真

照れ降れ長屋風聞帖

子授け銀杏《いちょう》

長編時代小説
〈書き下ろし〉

境内で腹薬を売る浪人、田川頼母の死体が川に浮いた。事件の背景を探る浅間三左衛門の怒りが爆発する。好評シリーズ第六弾。

坂岡真

照れ降れ長屋風聞帖

仇《あ》だ桜

長編時代小説
〈書き下ろし〉

幕府の役人が三人斬殺されたが、浅間三左衛門には犯人の心当たりがあった。三左衛門の過去の縁に桜花が降りそそぐ。好評シリーズ第七弾。

坂岡真

照れ降れ長屋風聞帖

濁り鮒《ぶな》

長編時代小説
〈書き下ろし〉

出産を控えたおまつに頼まれ、三左衛門は大店に嫁いだ汁粉屋の娘おきちの悩み事を解消するために動き出す。好評シリーズ第八弾。

坂岡真

照れ降れ長屋風聞帖

雪見舟

長編時代小説
〈書き下ろし〉

元会津藩の若き浪人・天童虎之介に、己の若き日の姿を見た浅間三左衛門。虎之介とともに会津へ向かう。大好評シリーズ第九弾。

坂岡真

照れ降れ長屋風聞帖

散《ち》り牡丹《ぼたん》

長編時代小説
〈書き下ろし〉

三左衛門の住む長屋の母娘を助けたことで、江戸中で評判になった陰陽師。しかし、その男には世間を欺く裏の顔があった。シリーズ第十弾。

坂岡真

照れ降れ長屋風聞帖

盗賊かもめ

長編時代小説
〈書き下ろし〉

神田祭りの裏で暗躍する盗賊。だが、その上前をはねる賊の存在が。天童虎之介が知り合った仏具商の裏の顔とは……。シリーズ第十一弾。

坂岡真

照れ降れ長屋風聞帖

初鯨《はつくじら》

長編時代小説〈書き下ろし〉

三左衛門が釣りの最中に見つけた浪人の屍骸。その袂から出てきたのは、娘のために買ったらしい小さな雛人形だった。シリーズ第十二弾。

坂岡真

照れ降れ長屋風聞帖

福来《ふくらい》

長編時代小説〈書き下ろし〉

隠密同心の雪乃が、深川三十三間堂の通し矢競べの射手に選ばれた。様々な思いを胸に、雪乃は矢を射る。大好評シリーズ第十三弾。

坂岡真

照れ降れ長屋風聞帖

盆の雨

長編時代小説〈書き下ろし〉

秋風の吹きはじめる文月、三左衛門は、死を目前にしながらも亡き友の仇を捜し続けている老侍と知り合う。大好評シリーズ第十四弾。

坂岡真

照れ降れ長屋風聞帖

龍《りゅう》の角凧《かくだこ》

長編時代小説〈書き下ろし〉

浜辺で角凧をあげていた侍の子と知り合い、その父子に興味を惹かれた八尾半兵衛。だが、同心の半四郎が追う浪人殺しとの繋がりが!?

坂岡真

照れ降れ長屋風聞帖

妻恋の月

長編時代小説〈書き下ろし〉

岡場所出で今は鏝師の女房おつねは長屋内での盗みの下手人として捕縛されてしまう。亭主が筑土八幡の壁に描くはずの白虎はどうなる!?

坂岡真

照れ降れ長屋風聞帖

日窓《いわくまど》

長編時代小説〈書き下ろし〉

連続して見つかった屍体の懐には、木彫りの猿と葛の葉が。事件の影に哀しい仇討ちが隠されていたことを知った八尾半四郎は……。

坂岡真

照れ降れ長屋風聞帖

まだら雪

長編時代小説〈書き下ろし〉

浅間三左衛門に折り鶴を渡した浪人は、長屋に迷い込んだ幼い娘の父親なのか。嫁ぐおすず、老いゆく八尾半兵衛……江戸の時間は流れる。

坂岡真
帳尻屋始末
抜かずの又四郎
長編時代小説〈書き下ろし〉

訳あって脱藩し、江戸に出てきた琴引又四郎は闇に巣くう悪に引導を渡す、帳尻屋と呼ばれる人間たちと関わることになる。期待の第一弾。

坂岡真
帳尻屋始末
つぐみの佐平次
長編時代小説〈書き下ろし〉

「帳尻屋」の一味である口入屋の蛙屋忠兵衛と懇意になった琴引又四郎は、越後から女房を捜しにやってきた百姓吾助と出会う。好評第二弾。

坂岡真
帳尻屋始末
相抜《あいぬ》け左近
長編時代小説〈書き下ろし〉

善悪の帳尻を合わせる「帳尻屋」には奉行所が絡んでいる!? 蛙屋忠兵衛を手伝ううち、又四郎は〈殺生石〉こと柳左近の過去を知ることに。

坂岡真
帳尻屋仕置【一】
土風《つちかぜ》
長編時代小説〈書き下ろし〉

凶事の風が荒ぶとき、闇の仕置が訪れる――。蔓延る悪に引導を渡す、熱き血を持つ男たちの姿を描く痛快無比の新シリーズ、ここに参上!

坂岡真
帳尻屋仕置【二】
婆威《ばばおど》し
長編時代小説〈書き下ろし〉

小舟に並んだ若い男と後家貸しの女の屍骸。ただの相対死にとは思えぬ妙な取り合わせに不審を抱いた蛙屋忠兵衛は――。注目の第二弾!

佐々木裕一
あきんど百譚
ちからこぶ
時代小説〈書き下ろし〉

小間物屋の手代の恋や浪人の悩み、そば屋で働く少女の親子愛など、とある貧乏長屋を舞台に繰り広げられる、悲喜こもごもの四つの物語。

芝村涼也
御家人無頼　蹴飛ばし左門
憂《う》き世《よ》往来《おうらい》
長編時代小説〈書き下ろし〉

憂き世に蔓延る数多の無法を、稀代の無頼が蹴っ飛ばす！　圧巻の無頼漢、三日日左門の活躍を描く、期待のシリーズ第一弾！